NieR:Automata™

尼爾：自動人形

少年寄葉

作者　映島 巡
監修　横尾太郎

目錄

尼爾：自動人形　少年寄葉

少年寄葉Ver. 1. 05

序章

序章

少年寄葉 Ver..1.05

我追向快步走在前方的人影。這裡跟「外面」不同，存在空氣及重力，所以每當腳底踩在地上，都會發出啪噠啪噠的聲音。我心想「她會不會因為聽見這個聲音而回頭啊」，她卻完全沒有放慢速度。

最後，我決定使用大聲呼喚這個單純的方法。

「二號！二號，我在叫妳！」

「九號？」

二號終於停下腳步。白色裙襬隨著她轉身的動作飄起。我想起影像資料中，花朵綻放的模樣。雖然我忘記那種植物叫什麼名字了。

「有事嗎？」

「不，稱不上有事。」

「沒事就別浪費時間。」

二號再度邁步而出。裙襬再度飄起，露出筆直的雙腿。

「竟然說我浪費時間，太過分了。不是說溝通對人造人而言，也是重要的行為之一嗎？就是在我們做運動機能測驗的時候。妳已經忘啦？」

「……我記得。」

二號的語氣之所以這麼冷淡，大概是因為被設定成這種個性。跟我好奇心旺盛，會對許多事情感興趣一樣。人造人在一切的部分具有多樣性，例如性格、能力、容貌。我認為是要仿效藉由其多樣性建立起高度文明的人類。

「欸，二號。妳要去哪裡？噢，等等。先別說。」

在二號開口前，我擺手制止她。

「讓我猜猜看。根據時間帶和位置推測……要去找吉尼亞？」

「是沒錯。不過以現在位置來看，根本不需要特地推測。」

二號指向近在身旁的門。是吉尼亞的房間。吉尼亞擁有「人類軍技術開發主任」這麼長的一串頭銜，是新型人造人的設計者，我們寄葉的創造者，也是負責做各種調整及測驗的老師。

「二號，妳不懂。這是感覺上的問題。」

「你太容易被感覺影響。之前才有人說過你注意力不集中，容易被其他事吸引過去，要多加留意。你已經忘了？」

被她反將了一軍。有點不甘心。不過，好開心。互相調侃，一同歡笑，駁倒對方，被對方駁倒。資料上記載的「家人」，是否就是這種感覺？

「在吵什麼？」

房門打開，吉尼亞探出頭。

「欸，吉尼亞。有件事想問你。」

吉尼亞的視線輪流在我跟二號身上移動，輕笑出聲。

「你們兩個好像常常在一起。」

是巧合——二號用一副「你怎麼可以講這種話」的態度回答……其實不是巧合地說。

「我只是來把你要我帶過來的文件交給你。」

「喔，謝謝。那九號是來幹麼的？」

「我碰巧看到二號走在路上，就跟在她後面。」

二號喃喃說道「真噁心」。

「妳好過分喔。」

二號別過頭……不意外。嗯，就知道妳會是這個反應。

「要打情罵俏麻煩到其他地方。我可是單身呢。」

吉尼亞的語氣分不出是開玩笑還是認真的。沒錯。他就是這個個性。實在很難分辨他說的話有幾成是開玩笑，幾成是認真的。

「不不不，就說了我有事想問你嘛。」

儘管搞不清楚他在想什麼，我並不討厭。因為不知道，所以想知道。我有很多事想問他。例如。

「吉尼亞(Zinnia)這個名字，是花的名字對吧？為什麼取了這樣的名字？」

我在記錄人類命名傾向的書上看過，用花名命名的人大多是女性。可是，吉尼亞的義體是成年男性。
「不是我取的。是我所屬部門的上司取的。」
「為什麼要用花名？」
可以盛開好幾天的花，那就是吉尼亞。別名好像叫「百日草」？
「誰知道。大概是因為流行？也有其他人是拿花名命名。」
「流行？這麼容易就能獲得名字啊？」
「正式名稱要有上層的許可，否則管理時會很麻煩。不過如果只是綽號，應該可以隨便你取。」
什麼嘛。果然得辦手續。竟然要去跟人類軍的高層談，光想就覺得麻煩——在我如此心想時。
「那個……我們呢？」
二號加入話題。一反常態地積極。
「我們……也可以得到名字嗎？」
原來。二號想要名字。難道她羨慕花名？
我才剛準備詢問，就閉上嘴巴。因為吉尼亞的回答慢了零點幾秒。這種停頓的方式，對了，是叫「遲疑」吧？
「等到所有項目都測驗完，決定好要分配到哪個部門後，上司就會幫忙取了吧。」

「……這樣啊。」

二號微微揚起嘴角。吉尼亞見狀，臉色似乎變得陰沉了一些。為什麼看到二號開心的模樣，吉尼亞要露出這種憂鬱的表情？

剛才的「遲疑」也是，總覺得怪怪的。是我多心嗎？

「啊，二號。」

雖然可能有點刻意，我抓住二號的袖子。

「快到檢查記憶區塊的時間了。我們得去一趟伺服器管理室。」

「知道了。」

我隔著二號迅速掃了吉尼亞一眼，他帶著放心的表情。順利結束這段對話，讓他鬆了一口氣。

果然，有蹊蹺。

衛星軌道上的六號基地「實驗室」。研究、開發新型機體的場所。對我們寄葉來說，是「家」一般的存在。不對，是「學校」吧？因為有多到讓人厭倦的測驗要做。不過我們會在這裡調整身體各個部位，就這一點來說，或許比較接近「醫院」。

吉尼亞說這裡集合了最新型的開發器材，以及優秀的職員。開發新兵器是當務之急，所以不得不這麼做。聽說地面的人造人正在面臨苦戰。用來逆轉戰況的殺手鐧就是我們寄葉……的樣子。

「真的耶。歐亞大陸東部被敵人占領了……」

根據來自地球的報告書，兩個禮拜前，機械生物占據了很大一塊區域。再加上在「晝之國」無法使用龍騎兵，我軍不斷被逼退。

我早就聽說我們陷入了苦戰，但真沒想到這麼嚴重。落入敵人手中的「歐亞大陸東部」，範圍大到讓人傻眼的地步。根本不是「很大一塊區域」就能形容。沒問題嗎？我想多瞭解一下當地的狀況。

呃，想歸想，我可不能去問吉尼亞。因為絕對不能被人發現我看過這份資料。我正在非法存取實驗室的伺服器。

聊到名字時，吉尼亞的反應不太對勁。不只那個時候。我試著仔細觀察一段時間，發現他偶爾會露出同樣的表情。那種時候，他大多會輕輕吐氣。好像叫「嘆氣」。是因為這個戰況嗎？還是說……該不會。

吉尼亞在隱瞞什麼。而且是不好的事情。儘管只是我的推測。

因此我想去調查。因為那只是我的推測。很可能推測錯誤。其實，我並不想去揣測吉尼亞會騙我們、對我們有所隱瞞。

假如翻遍伺服器還是找不到任何資料，那就這樣吧。統統是我誤會。講話分不清是不是在開玩笑，是吉尼亞的習慣，而我只不過是判斷錯誤。

……我是這麼希望的，不過。

「嗯？這段空白是？」

疑似刪除資料的痕跡，但刪除區塊太大了。彷彿被挖了一塊下來，或是靠蠻力將資料撕毀……

這裡本來到底有什麼？

我感到好奇，決定嘗試修復資料。雖然很麻煩，我卻控制不住自己的好奇心。

「十三號……衛星軌道……？噢，要在衛星軌道上蓋新基地啊。這是計畫書的草案。接著是……我看看，人類議會？月球？」

資料修復了八成左右時，我試著閱讀，結果看得一頭霧水。我想只要知道那幾個常出現的詞彙是什麼意思，就能大致看懂，可是。

「真麻煩。不看了。」

反正基地的建設計畫，感覺跟吉尼亞的祕密關係不大。

「這個檔案又是什麼？」

收在同一個資料夾裡的，是名為「新型運用計畫」的文件。有設法加密過的痕跡。只不過，檔案好像在安全性加強前就被刪掉了，並沒有完全加密。

「咦？這是什麼？」

我打開檔案，映入眼簾的是寄葉型人造人的設計圖。設計負責人是吉尼亞。之前他就大略提過我們是如何製造出來、如何行動的，卻沒有說明詳情。當時他好像是說「太麻煩了所以省略掉」之類的。

「反應爐……呃，這是怎麼回事!?」

我又從頭看了一遍。文字、算式在我眼中扭曲成奇怪的形狀。像在跳舞似的。不對。這只是單純的文字跟算式。我之所以無法正確判讀，是因為內心在動搖。

「啊，不過這是原本的設計圖。」

一定是修改過。所以這份設計圖才會被刪掉。因為，不可能有這種事。這樣的話，我們簡直像……

不可能？真的嗎？二號面露喜色時，吉尼亞反而一臉憂鬱。如果理由就是這個？

「等等？剛才的計畫書……」

檔案復原了八成，我卻看不懂內容的計畫書草案中，經常出現人類議會、月球等意義不明的詞彙。

我重新修復起資料。再也不覺得將蟲蛀出來的小洞一個個補好的過程麻煩。吉尼亞是我們寄葉的創造者，也是老師，我想相信他。希望我剛才沒能修復的部分，會有可以實現這個願望的文字。

然而。修復完畢的草案，顯示出完全相反的結果。

雙手快要開始打顫。難以置信。人類應該會用這個詞形容。驚愕與不安同時襲來，試圖奪走正常的判斷力。那就是「難以置信」。

「為什麼？為什麼？為什麼？」

不行，頭腦轉不過來。不對，AI確實有在運作，但我不願去理解。

吉尼亞說了謊。吉尼亞騙了我們。

「為什麼啊!?為什麼……！」

現在，在我的思考迴路中狂奔的東西。第一次產生的，情緒。

「吉尼亞，背叛了，我們。」

恐怕，人類將那種感情，稱之為憎惡……

非法存取伺服器的數十小時後，我決定執行「那個計畫」。

其實應該早一點動手的。時間拖得愈久，吉尼亞就愈有可能發現刪掉的資料被人修復。可是，還沒滿足條件。無論如何都不能讓步的條件。

那個條件是二號「一個人」在基地外。所以，必須在突入大氣層測驗的當天才有辦法執行。

那一天，確認二號裝備空降測驗裝置從射出口離開後，我走出機庫。

先來到伺服器管理室。許多同伴正在檢查記憶區塊。我一踏進室內，負責操作控制面板的研究員便回過頭。

「咦？九號？你不是要去參加運動能力測驗嗎？」

「嗯，發生了異常狀況。」

這次的運動能力測驗只有我要參加。而我把計算員殺了，毫無疑問屬於異常狀況吧？

「你說什麼？講詳細──」

研究員帶著驚愕的表情倒下。舊型人造人殺起來一點都不難。他們反應速度慢，力氣又小。

問題是同為寄葉型的夥伴，但他們待在檢查用的艙室內，不可能知道外面發生了什麼事。

我中斷檢查程式，對夥伴們的記憶區塊執行初始化程式。這段期間，他們會處於毫無抵抗能力的狀態。我將初始化程式結束後的重啟時間，設定在一小時後。漫無止境，恐怕永遠不會到來的一小時後。

「啊？衣服髒掉了。」

是刺殺研究員時弄髒的。殺掉計算員的時候，我是偷偷從背後接近，掐住頸部，再折斷頸椎殺了他。有點花太多時間，我打算下次要做得快一點。

因此我才會選擇刺殺，但衣服髒掉也很麻煩。白衣上的紅色汙點，遠看還是很顯眼。我走進檢查用艙室，扒下夥伴的衣服。幸好有跟我一樣的少年型機種。

「抱歉。沒時間幫你換衣服。」

我將染上血漬的上衣及短褲，掛在一動也不動的義體上。雖說對方沒有意識，至少得幫他遮一下。

我在房門內側裝上發火裝置，走出房間。除了這個地方，我在測驗場、控制室、居住區域、資材放置所也動了同樣的手腳。

得加快速度。要趁二號在宇宙待命的期間，做好所有的準備。頂多剩十五分鐘吧。要是超過這個時間還等不到開始測驗的信號，二號肯定會判斷通訊環境有問題，回到實驗室。

「四號！」

走在路上的四號回過頭。我故作著急，跑到他身邊。

「二號的狀況不太對勁。她現在在外面。」

你看——我指向窗外。四號望向窗戶，歪過頭。

「在那邊，看得見對不對？」

四號被我這句話引到窗邊。怎麼可能看得見。二號在其他地方。四號咕噥著「沒看見耶」，把臉湊近窗戶，我用劍刺進他的身體。我雖然不太會用武器，毫無防備地背對自己的人，倒是能輕鬆解決。
「我不會道歉，四號。因為，我們……」
話還沒說完，四號就倒下了。紅色液體在走道的地板上擴散開來。我跨過它走向房門。是吉尼亞的房間。吉尼亞和二十一號在房內為明天的計算速度檢驗開會。
我開門衝進房間。吉尼亞抬起頭，二十一號回過頭。他們都不知道發生了什麼事。我在二十一號發現我衣服上的髒汙前，往他身上撞過去。以反手拿著劍的狀態。
「二十一號！」
吉尼亞發出類似慘叫的聲音。二十一號一句話都沒說，就停止運作。
「九號，為什麼……」
「為什麼？為什麼？為什麼？」
我知道自己嘴角掛著笑容。我重新握好劍。吉尼亞沒有動作。應該是動不了。身為設計者的吉尼亞，比誰都還要清楚我們寄葉的運動能力，也知道自己不可能逃掉。
「問我這個？偏偏是由你來問我？」
我逼近吉尼亞。這麼簡單的事，閉著眼睛都做得到。
「你明明知道答案。」

揮下劍。不是朝頭部，也不是朝胸部。劍刃斬裂的是胸部下方。以胸口為中心斜劈。

腹部裝置從紅色傷口底下露出。吉尼亞瞪大眼睛。面容扭曲。這個位置，理應強烈刺激到了他的痛覺。

「我才不會讓你死得那麼輕鬆。」

燈光忽然消失，室內瞬間墜入黑暗。不過，緊急照明燈的紅光立刻取而代之。設置在實驗室各處的定時發火裝置，同時啟動了。

「你做了……什麼……」

「有必要跟你說明嗎？」

手中的劍再度斜斜劃過空中。不過，傷口淺到他不會立刻斷氣。腹部的傷口變成╳形。我不想讓他在實驗室墜落前死去。

「二號好慢喔。明明她早該回來了。」

我看出吉尼亞因疼痛而扭曲的臉上，閃過驚慌之色。

「哦？你擔心二號啊？事到如今，你還自以為是監護人？噢，不對。你是因為自己做的壞事會被人發現，才這麼緊張吧？」

二號問「我們也可以得到名字嗎？」的時候，吉尼亞猶豫了一瞬間才回答。因為他不想說實話。絕對不會有人幫我們寄葉取名字。我們註定要一直被人用代號稱呼。理由是……

「還想掙扎啊？」

吉尼亞將手伸向桌子。我拿劍刺進他的肩膀，把他釘在地上。他發出刺耳的慘叫聲。這樣吉尼亞就動彈不得了。

「沒用的。控制室現在是一片火海。動力跟網路都全部切斷了。」

二號差不多該趕過來了啊。為了空出路讓她進入基地，我沒在機庫和射出口附近設置發火裝置。

我想看看走道上的情況，才剛打開門，視線就被遮住。是四號的義體。現在重力控制系統徹底失控，導致他的義體飄了過來。

曾經是四號的物體，越過我頭上飄進室內。不只重力，由於火災的關係，整座基地都在不規則搖晃。原來如此，難怪二號這麼慢。

從機庫到吉尼亞的房間，用跑的只需要五分鐘不到。然而在這個狀況下，跑步的速度不可能跟平常一樣。

「好吧，只能相信二號的運動能力。」

我再度關上門，拔出備用的劍。順便躲到門旁邊。二號的戰鬥能力比我優秀。不搞偷襲的話，會遭到反擊。

「是二號的腳步聲……嗎？」

我把耳朵貼在牆壁上，聽見不規則的衝擊聲。應該是在牆壁上移動。聲音逐漸接近。有如倒數計時。我抓住牆壁上的緊急掛鉤，等待那個瞬間。

「吉尼亞！」

房門開啟。熱風灌進房內。看來火已經蔓延到走道上了。

「四號！二十一號！怎麼搞的!?」

「不行……二號，快逃……」

吉尼亞拚命試圖警告二號。正合我意。二號的視線落在吉尼亞身上，然後僵住了。

「吉尼亞，發生什……!?」

我衝出去，將二號壓在牆上。為了讓我在這個重力異常的狀況下，也能精準刺中她。

「九號……!?」

我慢慢離開二號，拔出長劍，紅色液體化為好幾顆小珠子從劍尖滴落，在空中飄舞。

「不愧是擅長戰鬥的二號。似乎沒造成致命傷。」

騙她的。我一開始就沒有瞄準要害。

「這……到底是？」

嗯，現在就跟妳說明。仔細地，按照順序說明……

「欸，二號。妳知道藏在我們寄葉機體身上的祕密嗎？」

不可以——吉尼亞擠出聲音說。

「閉嘴！」

我用力踹了他的側腹一腳。他發出分不清是「嗚！」還是「啊！」的聲音，撞在牆壁上。

「住手！九號，吉尼亞做了什麼嗎？」

吉尼亞做了什麼嗎？沒錯，他做了。做了被我踹得鼻青臉腫，被我砍得遍體鱗傷都嫌不夠的事。

「這傢伙啊，用難以置信的方法，創造了我們寄葉。」

在被刪除的資料中找到的，寄葉型人造人設計圖。我還以為自己看錯了。真的難以置信。

「我們體內不是有黑盒嗎？他說那是能量效率異常高的融合爐……」

我停頓了一下。慢慢吸氣。吐出。

「其實，那是收集從機械生物身上採取的核心，重新製造而成的能量機關。」

我喜歡看人類文明的資料。模仿人類很開心。我曾經夢想如果總有一天，能過跟人類一樣的生活就好了。可是——

「我們不僅不是人類，還偏偏是靠跟機械生物一樣的組件運作。這種東西連人造人都稱不上……是怪物！」

我們這群怪物，怎麼可能有辦法獲得名字。我們寄葉有編號就非常足夠了。

不過——二號發出微弱的聲音。

「因為這樣……就……」

啊啊，妳真溫柔。妳還想原諒吉尼亞，想袒護他。因為妳不知道這傢伙打著什麼鬼主意。

「現在開始才是重點，二號。吉尼亞制定了更加難以置信的計畫。」

地面的戰線持續後退。人類軍不斷敗北。理由是在前線戰鬥的人造人士氣低落。因為失去身為主人的人類、應該守護的人類，導致他們迷失了戰鬥的意義。

得想辦法才行——吉尼亞是這麼想的吧。結果就是。

「偽裝月球上有人類，提升人造人士氣的計畫。」

首先，捏造人類的倖存者逃到月球，至今依然生存的情報。接著在月球的無人基地設置名為「人類議會」的伺服器。從那裡對地面發送廣播，裝成人類在說話。

然後建設專任的人造人部隊和第十三號衛星軌道基地，用來跟人類議會聯絡——不對，用來管理月球上的假伺服器……到這邊為止是吉尼亞的計畫。

「不過，那個計畫並不完善。既然要由第十三號衛星軌道基地管理人類議會，情報搞不好會從那裡流出。所以，我改寫了計畫。」
擔心第十三號基地洩漏情報的話，只要讓情報不會洩漏出去就行。只要在真相攤開在陽光下前將其抹消即可。
「在新建設的第十三號基地設置後門，過了一定期間就會解鎖。以會被機械生物入侵、遭到殲滅為前提建造它。基地毀滅後，就只會從月球的伺服器進行通訊。只要知道真相的管理者統統消失不見，就再也不會有人知道真相。祕密會永遠被守住。人類將在遙遠的月球上，成為永恆的存在。我們要在月球上創造人造人的神！」
用以執行計畫的程式，已經傳送到月球伺服器。衛星軌道基地的建設計畫、我們寄葉的設計圖。關於生產線的指示書。之後就算放著不管，也會自動量產寄葉型人造人吧。
「就這樣，神會誕生在自動製造的寄葉部隊手中……我們寄葉要為了那個神而殉教！」
我們人造人敬愛的人類，已經消失了。這個彌天大謊，就是用來徹底隱蔽事實。完成這個謊言的，不是創造我們的吉尼亞。我們要靠自己的力量完成它。
「我想將它命名為『寄葉計畫』。」
不錯的名字吧？我很想這麼說，卻沒能說出口。二號好像在大叫「別這樣」。

然後，從我口中吐出來的不是言語，而是呻吟聲。

「求求你……九號……你……瘋了……」

二號面色悲痛。紅色水珠圖案在眼前散開。它們緩緩飄向空中，逐漸被火炎吞噬。我發現自己被刺中了。

這樣就好。剛才我是故意避開要害的。傷害妳並非我的本意，但如果不做到這個地步，溫柔的妳八成殺不了我。我希望由妳來制裁我。

「我們，會再被製造出來……」

二號機種的設計圖跟九號機種的設計圖，都保存在月球伺服器中。我和二號都會再度被製造出來、邂逅、死去……無限循環，總有一天，懷抱著人類的祕密消失。

「不過……」

眼前在搖晃。閃爍紅光。

「現在的我……覺得……幸好能……被妳……殺掉……」

啊啊，這裡好溫暖。愈來愈暗了，不過好溫暖。有種被包覆住的感覺。希望下次跟妳見面時，也是在溫暖的地方。可以的話，最好比這裡更加明亮，洋溢光芒……

我想，再次，見到妳。妳呢？妳呢，二號？

第一章 少年寄葉 Ver..1.05

【紀錄：二號／衛星軌道基地地堡・居住區域】

九號──我喃喃自語，有種不可思議的感覺。仔細一想，我第一次念出代號。我至今仍未見過會成為夥伴的那些隊員。

「不建議：無意義的私語。」

我刻意無視從手腕傳出的聲音，念出顯示於空中的螢幕上的文字。用比剛才大一些的聲音。

「九號。治療型。負責修復。戰鬥能力設定成偏低。」

這個機種主要是在後方支援，當然沒有設想到使用槍械的情況。雖說不會直接參加戰鬥，本部隊──寄葉實驗M部隊的治療型，只有九號而已。假如九號陷入無法行動的狀態，整個部隊的作戰行動會明顯受到限制。

「二十一號。掃描型。負責偵察與收集情報。戰鬥能力偏低。」

跟九號一樣，二十一號也不會直接攻擊敵人。只不過，二十一號因為要支援攻擊，未必會一直待在後方。視隊伍成員而定，有時好像也會跟攻擊型組隊，站到最前線。

二號──帶有譴責意味的聲音傳來。我一樣不予理會，接著說：

「二十二號，槍擊型。負責遠距離攻擊。在來福槍射擊測驗取得優秀的成績。

六號，攻擊型。負責近距離攻擊。擅長使用刀劍，動作極為敏捷。以上四名為M002（Zero Two）梯次。」

　他們四個都是少年型人造人。跟我一樣。

「這就是M部隊的二期生嗎……」

　在大多數是成年女性義體的寄葉型中，第一次編制了只有男性型的實驗部隊。那就是寄葉M部隊。

「學習本資料無須朗讀。將資源花費在不必要的行為上，是導致作業速度變慢的遠因。建議：默念，迅速繼續進行作業。」

　戴在手腕上的SS傳出聲音。支援系統（Support System）‧△型‧代號153，簡稱SS。跟一長串的正式名稱一樣，它說的話也很長一串。

「……吵死了。」

　SS的聲音頻繁地從手腕傳出，實在有夠煩。煩到我想用自己的聲音蓋過去。所以我才故意念出聲，結果造成了反效果。

「報告：二號機種的聽覺機能已調整完畢。意即，在聲音認知方面——」

「吵、死、了、給、我、閉、嘴。」

　無法集中注意力。我的訓練和調整進度慢了別人許多。用不著SS說我也知道。

本來我預計以M001（Zero One）梯次的身分，跟三號、四號在同一時期下到地面。同為一期生的這兩個人，都是攻擊手。當然是男性型，不過他們擁有成年男性的義體。

我低頭望向自己的手掌。他們的手大概比我大一圈吧。手腕和上臂照理說也會比我粗。儘管不是真的有年齡差距，我的義體是少年的身體。身高比他們矮，骨架也比較小。

體格差距當然不等於運動能力的差距。同為少年型的六號跟二十二號也和我一樣，體型嬌小纖細，可是從測驗結果來看，他們跟一期生比起來毫不遜色。硬要說有什麼差異，頂多只有一期生的近距離攻擊範圍比較廣……吧？

總而言之，與我同期的三號及四號準備得那麼順利，我卻在衛星軌道基地上原地踏步。呃，不是真的在原地踏步。是譬喻。

訓練、測試、調整。做完後繼續訓練、測試、調整。三號和四號好像是兩人一組做戰鬥訓練，但我一直是一個人。好吧，我的訓練不是要找人搭檔的類型，所以這是當然的。

我之所以正在記住之後要於地面會合的隊員們的資料，也是因為我負責的作戰行動需要用到。儘管明白用得到，我還是忍不住嘆氣。

「二一號D型啊。」

防禦型。防禦型的機種，負責防禦物理攻擊和邏輯病毒的測試機種。因此身體強度設定得比其他機種還高，也有裝備邏輯病毒防護罩……其他隊員要我說明性能時，這樣講應該就能簡短說明完畢。

「在最前線承受敵人的攻擊。成為夥伴的盾牌而死，那就是D型的職責……真諷刺。」

夥伴？自從我出廠後，到現在都還沒見過的夥伴。每天都只能跟SS對話。總是，一個人。那就是我在衛星軌道上度過的生活。

我的進度慢到不知不覺快要被二期生追過，或許是因為我厭倦了吧。不對，哪有可能被這點小事影響。

在我想東想西時，SS刺耳的聲音再度打斷我的思緒。

「報告：三百秒後將進行動態負載測試。建議：迅速移動至測試區。」

「知道了。」

連我自己都覺得，這句簡短的回答語氣很冷淡。

【紀錄：四號／衛星軌道基地地堡・射擊訓練場】

射擊聲在黑暗中迴盪。連續三聲，重複兩次。合計六聲。可是，第三聲和第五聲有點尖銳。八成沒精準射中目標。

「三號，命中四！」

計算員的聲音響起。六發裡面有兩發沒中，在上一次的測試中，也是六發裡面有一發沒中。我心想，三號果然不適合當槍擊型。

「四號，換你。」

我聽從教官的指示，在三號出來後進入測試區。

這是結束長達一百二十分鐘的射擊訓練，休息十五分鐘後進行的測驗。剛開始要在明度及亮度與地堡內部的燈光相同的狀況下，狙擊不會動的標的和會動的標的，以計算射擊天分的基礎值。

接著是在強光下測驗。在地上的時候，有時會被迫於名為「烈日」的強烈陽光下行動。這個測驗就是在設想那個情況。

最後是在黑暗中測試。我們寄葉實驗M部隊被派到的「晝之國」不存在黑夜，但不是完全不會在黑暗中行動。聽說有很多地下通道、洞窟、遺跡深處等沒有光源的地方。

我拿起手槍，擺好架勢。護目鏡偵測到周圍一片黑暗，切換顯示模式。圓盤狀標的從左下方射出。我將槍口對準預測到達地點，扣下扳機。這時又有一個標的從右上方射出，彷彿算準了時機。我立刻更新到達地點的資料，射擊。沒去確認有沒有射中。因為要瞄準慢了幾秒、同樣從右側射出的標的。

剛才三號沒射中的大概是這個。三號習慣做完一個動作時，會放鬆下來。所以如果必須在那個瞬間做出其他動作，他一定會來不及反應。

三號在單一動作、行為上用的力氣太多了。過度施力的話，會在某個瞬間放鬆力道。對於經常要連續攻擊的槍擊型來說，是致命的缺點。

下一批標的從三個方向同時射出。但每一個速度都有細微的差異。這也是三號不擅長應付的模式。

處理複數目標時，要瞬間制定優先順序。既然ＡＩ的效能有限，這是理所當然的步驟。一定要處理掉的目標、可以的話想處理掉的目標、不處理也無所謂的目標……就像這樣。

然而，三號統統都想處理掉。目標就在眼前，他八成沒辦法忍住不動手。三號是身體比大腦動得還快的類型，這麼做確實很符合他的個性。

聽說地上的肉食野獸，很多反射神經發達的種類。在思考前，也就是情報傳達到大腦前，就對四肢的肌肉下達指令。因為狩獵時需要比獵物更早行動，就算只快零點幾秒也好。

「四號，全彈命中！」

聽見計算員的聲音，我放下手槍。一走出測試區，三號就明顯嘖了一聲。他還是老樣子，誠實到不行。這麼好懂的個性，以要共同行動的夥伴來說，應該是值得歡迎的天賦吧。

「可惡！下次我不會輸的！」

可是，三號非常不服輸。我是不會反感，但這種過度的情緒，可能會導致判斷失誤。

「你在比什麼？你的敵人又不是我。我們該打倒的敵人，是機械生物。」

「啊？你說什麼!?」

真可惜。只要他改掉這個缺點，實際形式的測驗成績應該會大幅提升。或是多少挪一些資源去思考，而不是統統用在運動機能上。

「少給我擺出一副從容不迫的模樣！」

三號朝我逼近，教官開口制止我們。

「適可而止吧。」

「是！」

我將左手臂放在胸口，擺出敬禮的姿勢。三號慢了半拍，也跟著敬禮。布萊克教官是M部隊的指導官。他的命令是絕對的。

教官輕輕抬起右手。是叫我們可以不用繼續敬禮的意思。我們放下左手，背脊卻依然挺得直直的，等待教官下一句話。

「休息六小時後，進入最終調整。」

「最終!?」
三號的表情一眼就看得出他很高興。最終調整，代表在地堡的訓練全部結束了。
「調整完畢後，將移動到地上訓練。」
現在，諸多區域的制空權被敵人奪走，下到地面等於是直接衝進敵陣的正中央。是極度危險的行為，三號的感想卻天真到不行。
「太棒了，喂！可以去地上耶！」
不曉得他是沒搞清楚狀況，還是搞清楚狀況了，仍然很高興能與機械生物交戰。說不定兩者皆是。無論是何者，地上可不是能讓人心情雀躍的場所。這傢伙就不能多分點資源到腦袋上嗎？
「噢，還有，有些人或許已經接獲通知了──」
教官先講了句開場白，才接著說道：
「寄葉實驗M部隊，由七架組成。其他機體預計在訓練及調整完畢後依序前來會合。」
「七架？除了我們？」
「不對。是包含我們在內，共有七架。」
三號罵了句「要你多嘴」，別過頭。

「教官，我有問題。」

「什麼問題？」

「教官也會跟我們一起到地上進行訓練嗎？」

「預計是這樣。」

既然如此，剩下那五架在基地的訓練及調整，並不會有教官監督。也就是說，我們之前做的訓練，僅僅是那個等級。

剩下那五架大概也會有攻擊型或槍擊型，訓練內容不太可能有差異。

教官剛才說「移動到地上訓練」，不過事實上，那無限接近於實戰，難道不會伴隨相應的危險性嗎？我聽說地上現在沒有「稱得上絕對安全的地方」。

回到房間休息後，我還在繼續思考。機械生物橫行的地面。參加訓練的只有我和三號兩個人。以及，實戰。增加成七架後要執行的任務……

三號八成會笑我「想那麼久之後的事幹麼」。不過，我可不想被連三分鐘後的事都不去考慮的傢伙這麼說。

但目前我的夥伴只有三號。思考要如何徹底改善彼此的缺點及弱點，有什麼錯？

致命的短處會抵銷突出的長處。只要沒有特別嚴重的短處，就算沒有太大的長處，也能存活下來。我認為我們的目標就在那裡。為此該做些什麼？

我思考著，思考著，不斷思考……

【紀錄：九號／衛星軌道基地地堡．伺服器管理室】

「請多指教，九號。噢，又不是第一次見面，講這個好像怪怪的？」

二十二號露出微笑。旁邊的二十一號也微微揚起嘴角。我在實驗區域跟這兩個人擦身而過好幾次。當時還站著聊了幾句。

二十一號是掃描型，二十二號是攻擊型。雖然擅長領域不同，他們倆總是共同行動。似乎是因為他們是「雙胞胎機種」。

「等一下。我跟這兩位可是第一次見面耶？」

「抱歉抱歉。說得也是，六號。」

我跟六號一起參加過實戰形式的測驗。狀況是身為攻擊型的六號受傷，身為治療型的我負責救援。所以他們三個我都見過，六號和二十一號他們則是初次見面的樣子。

我、六號、二十一號、二十二號，在伺服器管理室接受最後的檢查及調整。這也是我們在正式結成Ｍ００２梯次前，第一次聚在一起。

至於為何還不算「正式結成」，因為寄葉實驗Ｍ部隊的指揮官，目前不在地堡。他先帶領M001的前輩們下到地面了。所以，我們M002也要等下到地面，得到指揮官的承認後才算正式結成。

不過在這邊互相自我介紹過，我已經覺得自己是M002的一員了。

「請多指教。我是掃描型二十一號。六號？呃……」

「攻擊型。」

六號笑著回答。六號的笑容很燦爛，但他其實強得嚇人。運動能力高，動作也相當迅速。很適合用「有如一條彈力十足的鞭子」來形容。二十一號跟二十二號在近距離看到六號的動作，應該也會大吃一驚吧。

「他是槍擊型二十二號。特技是精密射擊。」

咦？二十二號不是攻擊型嗎？看來我記錯了。好險我沒在本人面前說「他是攻擊型二十二號」。被人搞錯機種，感覺不會好到哪去。

「不要一直聊天！」

被開發部的職員叮嚀，我們同時聳肩。六號還微微吐出舌頭。二十二號看到，忍不住笑出來。

「那邊那個！」

「是——對不起。」

有同伴在真開心。做檢查和調整的時候，我總是會在途中不耐煩，今天卻一點都不會。轉眼間就統統結束了，我們便離開伺服器管理室。

之後有六小時的休息時間。什麼都不做總覺得有點可惜，所以我們一面聊天，一面在地堡內散步。

「下次回到地堡，不曉得會是什麼時候。」

「咦——？二十二號，難道你思鄉病已經發作了？想家啦？」

六號像在調侃他似的，二十二號急忙搖頭。

「才、才不是！我只是在想，在地面執行的任務要花多少時間。」

對喔，我也沒聽說過我們要在地上待多久。二十二號不知道的話，照理說二十一號也不會知道。

「六號有聽說什麼嗎？」

「沒。可是，應該沒有一定的期限吧？」

「為什麼？」

「又不是我們可以決定的。要看敵人才對。」

的確。六號真聰明。我們要在地上待多久，得看跟敵人的戰鬥拖得多長。就算我們定好期限，也可能被敵人的動向打亂計畫……

「對了！去看看地球吧！」

二十二號打了個響指。從我們的居住區域的窗戶，看不見地球。要到機庫和司令室那一側才看得見。

「幹麼特地跑去看地球？之後就要過去啦？」

二十一號一臉疑惑。

「可是，下到地面就看不見飄在宇宙空間中的地球了耶？雖然這很正常。」

「對喔。也不知道下次回來是什麼時候。」

聽我這麼說，二十二號高興地點頭。

「說不定可以馬上回來就是了。」

六號用像在酸人的語氣說「希望不要是被送回來」。二十一號「咦——你說這什麼話啦」做出要對六號使出頭槌的動作。

我們在路上故意用肩膀互撞，互相追逐，移動到機庫所在的區域。途中被整備部的職員「嘿，你們幾個！安靜點！」罵了一句。

如果只有一個人，我才不會想在走道上奔跑。真不可思議。四個人就會想嘗試做許多事。

二十二號會不會也一樣，一個人就不會想去看地球呢。啊，二十二號不可能一個人。因為他總是跟二十一號在一起。

先不說這個了，我們從走道上的窗戶，看見飄在宇宙空間的地球。淡藍色，發出朦朧的光芒，圓圓的。

「好漂亮……」
我們必須奪回的東西。人類的故鄉。
「會不會這就是最後一面？」
「六號！不要講這麼不吉利的話！」
而且，我們可是讓戰況好轉的王牌。別人說，我們就是為此存在的實驗部隊。
「欸。大家下到地面後，最想先去看什麼？」
他沒有問想去做什麼。因為下到地面後，我們要做的只有一件事。與機械生物戰鬥。僅此而已。
「你突然問這種問題，我想不到耶。」
二十一號苦笑著說。是嗎？會太突然嗎？
「那你想看什麼？問別人之前，自己要先回答吧。」
六號說。
「嗯——鳥和蟲……還有植物？啊，也想看魚游泳。還有動物跑步的樣子。」
他們三個都露出傻眼的表情。太貪心了？但我就是想看嘛。地上一定有許多生物。我想把牠們統統奪回。為了人類。
對於我這種膽小又不會用武器的人造人來說，這個願望或許太不知天高地厚。
但我是誠心這麼希望。

第二章

少年寄葉 Ver..1.05

【紀錄：三號／大本營】

風聲掠過耳邊。我在千鈞一髮之際閃過。不是閃過風，是子彈。現在是劍與槍的戰鬥途中。攻擊型與槍擊型，我跟四號的戰鬥。

「喝啊！」

我舉起劍往不斷彈過來的子彈砍下去。被一分為二的子彈發出聲音，掉在地上。嘿。小事一樁。我一口氣拉近距離。

那種軟趴趴的子彈最好射得中。槍只有一開始占上風。距離一縮短，戰況會瞬間逆轉。之後就是我比較快了。

「看我的看我的看我的！」

一發子彈都不會讓你射出去。

「喝——！」

我朝四號的右手揮劍，打飛他的手槍。這樣四號就沒武器可用了。是我贏了。

在我準備把劍抵在他脖子上的時候。

雙手傳來一陣衝擊。不知道發生了什麼事。劍從我手中彈出。

「啊！」

四號左手握著一把手槍。跟我剛才打飛的是不同把。

「喂，太卑鄙了！」

四號哼了聲。這傢伙還是老樣子愛耍帥。如果他露出得意的表情，倒還有一點可愛。

「你會在最後關頭鬆懈下來。別以為在戰場上還能這樣。」

……討厭的傢伙。氣死我了。

「如果這裡是戰場，我第一擊就殺掉你了。」

雖然他八成又會回嘴。

「既然如此，訓練時也給我帶著殺意。」

回應我的不是四號，而是教官。

「機械生物聽不懂人話。也不存在手下留情這個概念。稍有大意，等待你的就是敗北。」

「是！」

由四號說出口只會讓人不爽的話，換成教官來說，我一句話都無法反駁。

我將左手放到胸前敬禮。

「放下。」

放下手後，我有點想回嘴。與其說回嘴，比較接近有話想說。

「可是教官，我們要自主訓練到什麼時候？」

好不容易到了有一堆機械的地面，結果每天都在訓練，隔天又是訓練。對手還是四號。說實話，好無聊。

「沒辦法。只有我們兩個又不能結成小隊。」

……四號就是這副德行。一下「沒辦法」一下「不能」，他的否定我都聽膩了。

「但兩個人也有很多事能做啊，組成游擊隊之類的。」

「槍擊型跟攻擊型兩個人？連負責偵察的都沒有？只會被敵人包圍然後全滅。想一下就知道了吧。麻煩稍微動動你的腦袋。」

「你說什麼！」

可惡，氣死我了！真想揍他一拳！

「三號。」

聽見教官的聲音，我鬆開握到一半的拳頭。

「你太易怒了。四號也是，不要一直挑釁他。」

我並沒有服氣，但我明白現在是收手之時。我放下雙臂，輕輕吐出一口氣。這時，教官的語氣變了。

「不過，我給你們帶來一個好消息。」

好消息？給我們？什麼好消息？

我瞄向旁邊。四號盯著教官。意思是，四號也不知道教官在講什麼。

教官望向後方。以此為信號，跟我們一樣是寄葉型的人造人，小跑步朝這邊跑過來。總共四人。難道教官說的就是他們？

「他們是今天開始配置到這邊的隊員。編號M002（Zero Two），是你們M001（Zero One）的後輩。」

果然！寄葉實驗M部隊不只我跟四號。還需要負責偵察、後方支援的人。我有聽說近期他們會前來會合，組成七人小隊。

「喔喔……終於來了！多指教啦！後輩！」

「說是後輩，我們也是半個月前才來的。幾乎跟同期沒兩樣。」

「我說你啊，不是那個問題好嗎？你不懂啦。」

這人的腦袋到底有多僵硬。我傻眼到懶得講他了。

嗯？等等？我跟四號，加上之後來的這四個……咦？人數不對吧？

「M002。輪流自我介紹。」

算了。四號頭腦僵硬和人數不對都無所謂。我轉換心情，望向「後輩」們。

「我是寄葉實驗M部隊的掃描型二十一號。擅長偵察與分析。」

偵察！終於來了！他身材嬌小又纖細，不過掃描型就是這樣吧。隔壁那個長得跟他很像的傢伙，也是負責偵察的嗎？

「那個……我是，呃，寄葉實驗M部隊的槍擊型二十二號。」

槍擊型？跟四號一樣？這傢伙嗎？

「特技是精密射擊……」

「喂喂喂，這麼柔弱的小傢伙有辦法戰鬥嗎？」

他比四號矮一個頭，手臂細得讓人懷疑到底有沒有長肌肉。從短褲底下露出的腿，跟木棒沒兩樣。

「閉嘴。別暴露出你的無知。」

囉嗦——我小聲回嘴。我也知道外觀和基本性能未必一致……只是有點忘記。

「下一個。」

「我是寄葉實驗M部隊的……六號。雖然是攻擊型，但我還會很多其他特技喔。」

特技？會耍什麼花招的意思？

感覺好討厭。那目中無人的笑容……這傢伙八成心懷鬼胎。不容大意。

「我是寄葉實驗M部隊的治療型九號。主要任務是修復機體和備份自我資料。」

備份自我資料？什麼東西？有人跟我們說明過嗎？

「從來沒聽過的功能呢。」

四號也一臉納悶。那就不是我忘記了。

九號點頭回答「是的」。看起來是個表裡如一的傢伙，跟六號不一樣。只要張開嘴巴，大概連肚子裡裝什麼都看得見。

「是自我資料毀損、遭到破壞時，將它連同記憶區塊一起整個保護起來的功能。」

連同記憶區塊一起？整個？什麼意思？不對，我聽得懂他在講什麼。可是……自我資料是所有我思考過、記住過的事的樣子。簡單地說，就是我的內在全部的感覺？將它統統記住？這種事有辦法辦到嗎？

九號輕輕點頭，或許是知道我懷疑地看著他。

「所以，我的保存區塊容量是各位的十倍左右。」

「十倍!?好強！」

大約可以裝進十人份的「我的內在」。

「話雖如此，這只是空出來以備不時之需的空間，所以平常無法使用。」

平常能不能用、細部構造什麼的先不管，我只有「好強」這個感想。

「M001也做個自我介紹。」

在教官的催促下，我決定不去想了。麻煩的小事交給四號就行。

「我是寄葉實驗M部隊，攻擊型三號。很高興有新人加入。多指教囉。」

今天開始，這幾個小鬼就是我的夥伴。先別管身材纖細、看起來目中無人、容量超大那些事了，總之同伴增加是件好事。

「寄葉實驗M部隊，槍擊型四號。」

這傢伙真冷漠。明明可以更友善一點。在我心想之時，四號轉身面向教官。

「教官，有個問題想請教您。」

「什麼問題？」

「在場的M002共有四架。不過，本來不是預計有五架，由包含我們在內的七架結成小隊？」

對對對，就是那個！難怪我覺得數量不對。

「剩下一架還沒調整完，決定之後再來會合。」

我們兩架，加上四架小鬼，剩下一架之後再過來。最後共有七架……嗯，數量對了。

「目前由你們六架進行實戰訓練。」

「瞭解。」

四號回答，教官環視眾人，說：

「如你們所知，衛星軌道上的基地──地堡，開始將由女性機種組成的特殊部隊『寄葉』投入實戰。」

噢，對喔。聽說在我們度過只有訓練可做的無聊生活期間，女性型寄葉部隊創下輝煌的戰果。我不想輸給她們。

「我們是用來測試新投入戰場的男性型寄葉機體的實驗部隊。上頭看好我們拿出比之前的寄葉部隊更好的成績。我們的任務是打破長年以來的膠著狀態，為人類軍帶來勝利。希望各位將這件事刻在記憶區塊的深處。」

教官將左手放到胸前。

「願人類榮耀長存。」

我們也跟著把左手放到胸前，複誦同樣的話。

【紀錄：九號／大本營】

集合——聽見教官的聲音，我站起身。休息時間結束了。我拍掉衣服上的髒汙。不過我是坐在石頭上，所以衣服不怎麼髒。這是為了保險起見。

在地面上，不小心坐錯地方會落得很慘的下場。剛開始還發生過衣服全是泥巴、坐到蟲子釀成慘劇……之類的事。

基地內也有仿造地面的環境，鋪滿土或沙子的實驗區域，但沒有連蟲和爬蟲類都放進去。也沒有碰到就會飄出花粉的草，或者果實長滿刺的藤蔓。

衛星軌道上和地面最大的差異，在於有無生物。我擁有這個知識，但地上的生物多到我不得不驚訝。活著的物種散發出的氣息、聲音、氣味，統統是地堡沒有的。

雖然許多生物我都已經透過影像資料得知顏色及形狀，實際親眼看到，感覺根本不一樣。原來「瞭解」一個東西，不是只靠單一的情報，而是像許多情報累積而成的感覺。

不只地上的生物。同為M部隊的夥伴也一樣。我們開始一起訓練後，過了好幾天，情報仍然在更新。有許多「我所不知道的一面」。我要將它們一個個揭開。像打勾一樣。

例如三號先生會把摔到地上的雛鳥放回鳥巢。雖然他嘴上抱怨著「啊——擋路耶！」其實他是個溫柔的人。他聲音很大，我本來以為他很可怕，所以當時我真的滿驚訝的。

六號有點壞心眼。可能是因為他太聰明。至於二十一號和二十二號……

不曉得是不是因為在想事情，我的動作似乎變慢了。

「九號！」

「是、是！」

我急忙跑出去。大家都已經站在教官面前列隊。失敗失敗。我道著歉站到六號旁邊。神經得繃緊一些才行。

「人都到齊了。今天要發新裝備給你們。」
教官發給我們一人一臺形狀各異的情報裝置。大致是調整成了不會妨礙我們戰鬥的最佳形狀。
「支援系統‧△型‧代號153。」
教官一念出名稱，三號就皺著眉頭說「好長的名字」。嗯，我也這麼覺得。
「稱呼它為SS即可。」
啊，果然嗎？名字太長不適合在戰場上溝通。
「用法是這樣。」
教官對「SS」說：
「明天的天氣。」
我們裝上的SS同時傳出聲音。
「周邊地區上午晴時多雲，午後預測會下雨。」
問問題會立刻回答，確實很方便，但這種事用不著拜託情報裝置吧？在我思考之時，六號提出同樣的意見。
「這點小事，靠我們體內的通訊機能不就能辦到了嗎？」
「SS還具備寄葉機體本體做不到的遠距離通訊、戰術指導、維修檢查機體等功能。」

維修檢查機體？有沒有這個功能，可能會徹底改變我在戰場上的任務。我全神貫注地聽著教官說明，避免漏聽任何一句話。

「檢查六號機體的驅動系統有無病毒。」

教官話剛說完，六號便露出疑惑的表情。

「嗯？咦？怎麼回事？」

六號扭動身軀，一副很癢的樣子。

「檢查中斷。」

六號停止扭來扭去，吐出一大口氣，詢問教官：

「剛才那是？」

「SS在掃描你的驅動系統有無感染物理病毒，將其除去。」

能把物理病毒找出來跟除去？好強大的功能。因為——

「有這個功能，是不是也能除去敵人的病毒汙染？」

「能除去的只有腦部裝置以外的物理汙染系病毒。」

「那邏輯病毒呢？不行嗎？」

「目前正在分析，之後應該會靠更新實裝這個功能。」

只是現在還不能用而已，之後會實裝。這樣敵人的邏輯病毒的威脅性，會大幅下降……

「每臺SS功能都一樣，不過為了配合你們的特性，形狀各不相同。去熟悉一下SS的功能，準備上戰場。完畢。」

教官正想結束話題時，六號「請問——」舉起手。

「什麼事？」

「剛才掃描病毒的時候癢癢的，有點舒服，方便再來一次嗎？最好到可以兩人獨處的地方。」

六號又來了，不知道他是認真的還是開玩笑……可是，教官一句「駁回」就結束了這段對話。看他一點都不覺得可惜，這次應該是開玩笑吧？

噢，沒時間讓我悠哉地想這些了。

「一百九十六分鐘後出擊。」

出擊。這個詞讓沉默瞬間降臨。不是訓練，是實戰。我現在的感覺，就是所謂的「繃緊身子」吧。

我早就預料到差不多是時候了。跟前輩他們會合，已經過了一段時間。設想各種情況的訓練，也快要想不出新花樣了。

「統統重新檢查一次裝備。完畢。」

我們在教官轉身走掉的同時，開始行動。這時三號先生好像突然想到什麼，跟六號搭話，臉上寫著「興味盎然」四個字。

「你男人也行喔？」
「誰知道呢？我不會用那種框架去限制對方就是了。不過，三號這種粗野又粗暴的男人不是我的菜。」
「是『三號先生』吧。我好歹是你的前輩，給我用敬語。」
「是。」
啊，我看他之後也打算直接叫人家「三號」。六號露出這種表情回答「是」的時候，是否定的意思。我最近看出來的。
三號先生似乎也明白，看著六號的背影哼了一聲。
「去拿裝備吧，三號。」
三號先生被四號先生叫過去，跟他一起離開。兩位前輩並肩而行的背影，魄力就是不一樣。或許是因為他們兩個都很高，不過，原因大概不只這一個。
「喂，四號。你還是去用攻擊型的裝備出擊啦，你比較擅長當攻擊型吧？」
攻擊型？比較擅長？什麼啊？四號先生是槍擊型，攻擊型是三號先生才對。
「這件事應該已經定案了。」
聽見四號先生的回答，三號先生故意「唉——！」嘆了一大口氣。三號先生真不適合嘆氣。剛才那段對話是什麼意思？等他們兩個走遠後，我詢問二十一號：
「欸，你知道他們在說什麼嗎？」

身為掃描型的二十一號知道許多情報，大概是因為擅長調查。這次也一樣，他馬上就跟我說明。

「四號前輩是用槍的槍擊型，但他本來是攻擊型。」

「攻擊型？跟三號先生一樣？」

「沒錯。聽說他是因為顧慮到三號前輩，才轉去當槍擊型。」

總是跟二十一號在一起的二十二號，好像也很清楚這件事，從旁加入對話。

「不過，其實用起劍來好像也是四號前輩更厲害。」

原來如此——我還沒回答，三號先生的聲音就從遠方傳來。

「我聽見了！二十二號！」

三號先生聲音很大。他似乎在附近，雖然看不見人影。

「給我記住！」

二十二號嚇得肩膀一顫，二十一號輕輕拍了下他的背。他們感情真的好好。令人羨慕。雙胞胎真好。

我們閉上嘴巴，觀察周遭的情況。好安靜。三號學長再怎麼厲害，應該也沒在聽了吧。我們面面相覷，鬆了口氣。

總覺得好好笑，可是又不能大聲笑出來，我們只得忍住笑意……卻沒能成功克制住。不曉得第一個笑出來的人是誰。不知不覺間，我們紛紛大笑。

終於笑完後，氣氛變得有點寂寥。而且有點閒下來。
我們三個沒去再檢查一遍裝備，而是在這邊磨蹭，是有原因的。其實別說再檢查一遍，裝備都再檢查完兩遍了。搞不好有到第三遍。肌膚感覺到實戰一分一秒逼近，靜不下心來，導致我們下意識一直在檢查裝備。
「終於要第一次上戰場了。你們會緊張嗎？」
我自己很緊張，所以忍不住問了這種問題。不過，二十一號搖搖頭。
「保持平常心，照常行動就好。」
我們三個裡面，二十一號是最冷靜的。一直以來都是這樣。
「二十一號真厲害……我好怕喔。」
要說的話，比起二十一號，二十二號的個性可能跟我比較像。因為他剛才說的就是我心裡想的話。
「沒什麼好怕的。」
二十一號微笑著說，卻沒辦法將二十二號的不安徹底驅散。
「死在戰場上，一定很難受，很痛苦。」
二十二號低下頭。
「我不想……痛苦地死去。我不想死。」
我不知道死掉的瞬間有多麼難受、多麼痛苦。因為，我們還沒死過。我突然有種愧疚的感覺。
「對不起。只有我一直待在安全的後方……」
「咦！不是啦，我沒那個意思！」
二十二號露出「說錯話了」的表情。
「九號有備份我們的資料這個重大任務。你不待在安全的地方就糟了。」
「而且要是沒有你，就沒人幫我們治療囉！」
二十二號跟二十一號都好溫柔喔。
「謝謝你們。我會加油。這樣大家才能放心戰鬥。」
「嗯。」
二十二號用力點頭。二十一號則笑著說「我不會讓戰況演變成那樣的」。
「我來偵察敵情，制定最適當的作戰計畫。二十二號只要跟著我就好。」
二十一號面向二十二號。
「由我保護你。」
二十二號高興地點頭。他們完美體現了「信賴」一詞。這兩個人一直在一起，所以他們在對方心中，想必是特別的存在。
「好了。去檢查裝備吧。」
「嗯。再見囉，九號。」

我也「等等見」揮手跟他們道別。離出擊還有一百七十五分鐘。還是好緊張。說實話，我並不擅長戰鬥。我既膽小，又不擅長使用武器。可是，一定也有我做得到的事。

在地上訓練的日子，比起待在衛星基地、總是一個人的那段時間愉快得多。人類文明中的「學校」這個團體生活場所，是不是也是這種感覺？

所以，我想幫上大家的忙。因為大家都是我重要的同伴。可靠的兩位前輩、聰明又強大的六號、冷靜沉著的二十一號、溫柔的二十二號。

雖然我沒辦法像二十一號那樣說「由我保護大家」，我還是想做好自己能做的事。

第三章

少年寄葉 Ver..1.05

【紀錄：六號／溼地地帶】

遠方傳來爆炸聲。隔著規律的間隔，響了好幾次。吵得要死。不曉得是炸彈還地雷，他們知不知道這麼做一點意義都沒有？我們已經不在那裡了。

我一掌拍死飛到臉旁邊的蟲子。有股討厭的味道。所以我才討厭溼地地帶，踩都踩不穩，藏身處又難找，真是夠了。混合泥土味和青苔味的悶風也一樣。

但我還是勉強在矮樹叢中找到低窪處，從機械生物手下逃離。那是……噢，八小時前。

「啊啊啊……可惡！」

三號發出吵死人的聲音滾進來。真希望他不要再發出那麼粗俗的聲音。我很想罵他吵，但罵了只會惹事上身。因為三號又笨又煩。

所以，我保持沉默，重新纏好左手臂的繃帶。糟糕，皮膚也跟衣服一起裂開了，幸好不是右手。不過左右都沒差，一樣會痛。

「不行！西北方的峽谷也一堆敵人，連沒看過的類型都混在裡面。」

三號一面咂舌，一面脫下靴子。他把靴子反過來一倒，碎石便啪啦啪啦地掉下來。真的很想拜託他不要那麼沒氣質。接著，我聞到血腥味。哦，他被打得挺慘的嘛？我想也是。

「所以我不是說過，你是在浪費時間嗎？」

三號說要去找敵人包圍網薄弱的地方，衝了出去，那是幾小時前的事啊？啊，我阻止過他喔。稍微。我沒有認真阻止，反正三號聽不進去……明明狀況如此惡劣。

「我們被逼進這裡，已經過了八小時。敵人很快就會找出我們的位置。」

敵人的包圍網，照理說有包含這一帶，因為我聽見大量的槍聲及爆炸聲。三號這白痴卻說西北方聲音比較少。當然是巧合啊，不然就是錯覺。

「我們這邊沒有掃描型也沒有治療型，狀況不會好轉。」

等我發現時，二十一號不見了。二十二號也是。大概都死了吧。還活著的，只有待在離前線有段距離的後方的九號，以及負責保護他的四號。

「那要怎麼辦!?」

啊啊，吵死了。用不著那麼大聲，我也聽得見。再說，「怎麼辦？」這個問題，不覺得很沒意義嗎？因為，答案顯而易見。

「只能待在這邊，等待救援。或是等死。」

「你說啥？」

三號眼神透出殺氣。非得要我講明白嗎？明明這麼明顯？

「有什麼關係。之後九號會想辦法吧？」

二十一號跟二十二號，都履行了職責。我也沒有打混。白痴三號也，嗯，有點貢獻。剩下就是九號的任務。工作分配如上。

「我就是不想那樣啊！」

果然。又不是想不想的問題，為什麼你無法理解？

「哎，隨便你囉。」

講也是白講。畢竟這種對話又不是第一次。我可是有學習能力的，跟三號不一樣。

不過，三號接下來採取的行動完全出乎意料。是從未有過的模式。他用低能的聲音大叫：「SS！」

「用一般電波通訊發送求救訊號！調成最強持續發送！」

「你在做什麼!?這樣這裡會被敵人發現喔？」

把電波調成最強，持續發送，等於是在邀請敵人過來吧？為什麼要特地做這種事？

「敵人正在對這一帶進行地毯式搜索喔。我們被包圍了！你明白嗎!?」

「所以我要把敵人引過來，瞄準他們陣型亂掉的地方，一口氣突破。」

「沒有掃描型，你要怎麼找到敵人的位置!?」

「靠直覺！」

什麼!?他剛才說什麼？我好像聽見「直覺」？

「我早就覺得你很笨，沒想到笨到這個地步……」

我嘆著氣站起來。笨到讓人絕望。而我不幸到跟這種笨蛋兩個人留在這裡。看來只能笑了。

「你才笨！我們現在比起坐以待斃，突破重圍更有可能活下來！」

你為什麼聽不懂？活下來？這麼危險的作戰計畫，不可能順利進行。三號——

我低聲呼喚他。

「最後一次警告你。把電波，關了。」

我拔出來的刀不只是威脅。白痴三號卻聽不進去。

「我講過很多次吧？」

三號握住劍柄。不意外，我就知道。

「對前輩給我用敬語！」

動作這麼大，你以為打得中嗎？三號揮下的劍，我閉著眼睛都閃得掉。

我一面閃躲，一面朝他揮刀。反應遲緩的三號不可能閃得掉吧？我才剛這麼想，他就用劍防禦。既然閃不掉，乾脆擋下來？不，他不會想那麼多。應該是所謂的「身體動得比大腦還要快」？

「閃來閃去煩死了！」

「這是當然的吧？正面承受攻擊，是白痴才會幹的事……啦！」

哦，又選擇防禦。那把長得莫名其妙的劍，還算挺好用的嘛。考慮到可以拿來當盾牌用，只有厚度可取的劍刃也有了意義。再繼續跟他互砍下去，我的刀刃可能會損毀。趕快解決掉好了。

我迅速、用力地刺出刀尖。這樣就算你擋住這一擊，也會失去平衡吧？沒錯，瞄準失守的單一個點攻擊，其實很有用。只是太笨的人做不到。

「同為攻擊型，可以比較一下誰比較強真是太好了。」

最後一擊。

「去死！」

刀尖刺中毫無防備的腹部。這時，我看見三號揚起嘴角。咦？怎麼回事？

「終於……逮到你了！」

拿刀的右手被抓住了。不敢相信。他故意被刺中，以阻止我的動作？

腦袋有問題嗎？

「放開我！」

上臂被緊緊抓住，所以我只轉動手腕，在三號的肚子裡亂挖一通。照理說應該很痛，三號卻不肯放手。

「放開我——！」

搞什麼鬼。區區的三號竟然能封住我的動作……白痴……

「呃啊啊啊啊啊！」

粗俗的聲音。是三號的……不對。是我的叫聲。肩膀被三號刺中，慘叫出來的人，是我。隱約聽見三號在說「刺歪了」。

糟糕。三號瞄準的是左胸。我迅速扭轉身體。痛痛痛痛痛！你在刺哪裡啊，笨蛋！得快點離開他才行。

不曉得我們究竟纏鬥了多久。我的右手終於恢復自由。三號仰躺在地上。腹部開了個可以放進好幾個拳頭的洞。爛掉的腹部裝置暴露在外面。為什麼他能撐這麼久？趕快去死不就得了。

「就是因為這樣，我才不想……應付白……痴……」

我也站不住了。想拔出刺在胸口的劍，力氣卻完全使不出來。我狼狽地跪到地上。好討厭喔，要臉部著地了。會弄得全是泥巴。

早知如此，應該早點從背後刺殺他。明明三號背後總是疏於防備。

「嗯，下次……就這麼……辦……」

聽不見爆炸聲。泥土味和青苔味也聞不到了。

【紀錄：二十二號／深海基地】

「這麼做很不符合我的個性耶。」

被機械殘骸絆住腳，撞上二十一號的六號苦笑著說。多虧六號撞飛了他，二十一號毫髮無傷。

「保護別人……這種事。」

六號似乎想要聳肩，但他的右肩已經不存在了。整隻右手維持拿著刀的姿勢掉在地上，像蜂窩一樣布滿彈孔。

「快走！伺服器室就在前面！」

四號前輩大叫。靠在牆上的六號慢慢滑坐到地上。我們光是射擊蜂擁而來的敵人就分身乏術，沒空抱起倒在地上的六號，也沒辦法把他移到路邊。

「別管我們！」

「可是，敵人……！」

無論開了多少槍，敵人都沒有減少。不僅如此，還會憑空冒出援軍。海底基地又沒多大，他們到底躲在哪裡？

我們的任務，是讓位在深海的機械生物伺服器停止運作。只要讓對附近這一帶發出指令的伺服器停止，敵人也會停止動作。作戰目的就是這個。

駭入伺服器的是二十一號，我擔任護衛。四號前輩跟六號負責支援我們，同時擊退敵人，確保逃生路線。這次由三號前輩保護於後方待命的九號。

上次在沙漠地帶的任務，跟上上次在溼地地帶的任務，都是我和二十一號先死。不過，這次的任務，我們不能先死。

「二十二號！動作快！」

「好、好的！」

我回頭望向二十一號。沒問題。他沒受傷。

「不好意思，四號前輩！剩下麻煩你了！」

我和二十一號奔向走道底端。要是二十一號受傷，就無法停止伺服器了。總之要將二十一號送到伺服器室。僅此而已。

我敲下牆上的開關，隔板發出聲音，開始降下。為了防止海水灌入，這座基地可以用好幾層隔板分隔走道。途中，我試過好幾次用隔板阻擋追過來的敵人，但這裡本來就是那些傢伙的基地。這點小伎倆根本阻止不了他們。

即使如此，我們仍然必須前進。因為是任務。低沉的巨響，從厚重牆壁的另一側傳來。大概是四號前輩把走道炸了。只能出此下策。同為槍擊型的我比誰都還要明白，子彈所剩無幾。

我們在走道上猛衝。離目的地不遠了。

「二十二號，有敵人。」

二十一號在伺服器室前方低聲說道。

「數量呢？」

問了也是白問。這裡等於是敵人的心臟。不可能沒守衛。而且，最下層好像有電波干擾，無法掃描敵人。二十一號只是直接看到敵人而已。

「有辦法強行突破嗎？」

「嗯，沒問題。」

二十一號嘴上雖然這麼說，那並不是「有辦法」強行突破的意思。而是「只能這麼做」。現在只有我能應戰。除了衝進敵陣碰運氣外，別無他法。

「走吧！」

我們同時飛奔而出。我不斷對前方的敵人開槍。不用管剩下多少子彈了。就算在這裡用光，只要能抵達伺服器室就行。

射擊，射擊，拚命射擊，衝進伺服器室。關上入口的門，破壞開關。這樣就能爭取一些時間，直到敵人破門而入。

「駭得……進去嗎？」

我拚命控制，以免聲音緊繃。不想被二十一號發現。

「可惡！有裝防護程式！」

二十一號嘖了一聲，搖頭。只能以物理手段破壞的意思。

「別擔心，這個規模可以直接炸掉，用這東西。」

他拿出裝炸彈的盒子。

「還附帶定時裝置。放心。在爆炸前就能從這裡逃出。」

「可是，逃生路線呢？四號前輩跟六號都死掉了。」

「沒問題。這種場所通常會有緊急入口，這裡也不例外。」

二十一號指向天花板的一角。乍看之下看不出來，上面有四角形的裂縫。

「入口不是用來派援軍進來的嗎？隨便進去會不會遇到敵人？」

「伺服器壞了，敵人也會跟著停止行動。不會有事。」

二十一號補充道「但也要看我們在哪個時機遇到敵人」。

「太好了……」

這樣不僅能破壞伺服器，二十一號也逃得出去。

「我來設置炸彈。你快逃。」

「你在說什麼？你當然也要一起逃啊？」

「不了。我……應該逃不掉。」

我輕輕挪開按著側腹的手。二十一號睜大眼睛。

「好像被敵人的子彈擦到了。」

其實不是擦到，是直接命中。我連哪個部位受到哪種程度的損傷都沒去確認。

我害怕看到傷口。真的很膽小。

「放心吧。就算只有一個人，我也有能力把這裡炸掉。」

而且，子彈已經一發都不剩。無法開槍的槍擊型，有跟沒有一樣。

「我不想當你的絆腳石。」

「笨蛋！」

二十一號大聲怒吼，緊緊抱住我。

「別這樣，二十一號……」

快逃。我想這麼說，卻說不出口。因為，二十一號好溫暖。非常溫暖……我不想離開他。

「我怎麼可能丟下你先走！」

「對不起。對不起，都是我害的。要是沒有我就好了。」

二十一號又罵了句「笨蛋」。這次語氣溫柔了一些。

「假如受傷的人是我，你會自己逃掉嗎？」

怎麼可能。叫我丟下二十一號逃走，我絕對辦不到。啊啊，原來。是啊。我們一直在一起。從在同一條生產線製造出來的，那一瞬間起。

「我真傻……」

「對啊，你真傻。所以，你只要照我說的做就好。」

「嗯。說得對。」

謝謝——我把臉埋進二十一號的肩膀。不可思議。這麼做疼痛就會減緩。

「會不會冷？」

「還好。可是，感覺像在下雪。」

「因為這裡是兩千八百公尺深的海底嘛。」

「而且好安靜。我想到從地堡看見的地球。」

二十一號牽起我的手，放到額頭上。手心傳來一股暖意。這樣啊，我的生命徵象愈來愈微弱了。覺得很安靜，是因為聽覺機能故障。想起黑暗的宇宙空間，是因為視覺機能……

咦？有聲音？二十一號？難道……你在哭？

「欸，二十一號。我不害怕喔。」

我是個膽小鬼，現在卻一點都不怕。

「因為，有你陪著我……」

所以，別哭。沒事的。雖然我已經什麼都看不見，什麼都聽不見，我知道你在我身邊。我……很高興……

【紀錄：九號／深海基地】

確認伺服器室的預測位置產生熱反應後，我跟三號先生一起潛入敵人的深海基地。不對，正確地說是「曾經是深海基地的地方」。

如今，那裡只是一座沉入海底的廢墟。沒有海水灌入的區域還比較少，再加上伺服器故障的關係，機械生物統統停止運作，不管有無破損。都是多虧二十一號和二十二號拚上性命，設置了炸彈。

我們先在最下層的走道發現六號的義體。以及處於防護模式的黑盒。以最快的速度啟動自我修復模式。確認各部位的損傷。以及……習慣這個步驟的事實，讓我覺得很難受。

六號的義體，右半邊變得破破爛爛的。如果是左側先被破壞，應該會更快停止運作，不過處在這個狀態下，痛覺肯定持續了很久。六號緊緊握起的左手，指甲都陷進手心了。

再往前走一段路，發現四號先生的……疑似四號先生的義體。似乎是用爆炸阻止敵人時遭到波及，狀況比六號更慘。他之所以在這麼近的距離使用炸藥，是為了將二十一號和二十二號送進伺服器室。

我知道大家經歷了一番苦戰。直到途中，通訊機能都還是正常的。透過ＳＳ傳來的，全是讓我想遮住耳朵的報告。雖然這也因為敵人的電波干擾加劇，最後中斷了。

總是只有我。只有待在安全後方的我活下來……

「九號，你沒事吧？」

「啊，沒事。對不起。不小心恍神了。」

三號先生話也變少了。作戰開始後，他就皺著眉頭，陷入沉默。一面聽著斷斷續續從ＳＳ傳出的消息。這次，身為攻擊型的三號先生負責保護我，但他在執行其他任務時，經常上前線作戰，每次都……敗北了。

剛成立的寄葉實驗Ｍ部隊，正如它的名字，被派到各式各樣的戰場。新型敵人、飛行型敵人、巨大的敵人、無數的敵人……大概是因為是實驗吧，戰場上絕對會出現「從來沒遇過的強敵」。所以，被送到前線的大家，幾乎在每個地方都全滅過。

我明白這場實驗對人類軍有貢獻。這次潛入海底基地，光看結果也是成功的。破壞了伺服器，成功癱瘓附近一帶的敵人。只不過，沒有半個人生還……

「裡面就是伺服器室對吧？」

如果ＳＳ顯示出的地圖資料沒錯。但房門緊緊關上，無法確認室內的狀況。果然，因為這間伺服器室是這一帶的指揮中心，門做得特別堅固。海水也沒灌進來。

「打不開。」

不曉得是從內側鎖上了門，還是直接將開關破壞掉了。是為了防止敵人入侵。

他們兩個，想必被逼到了不出此下策就撐不下去的地步。

「九號，退下。我來砸爛這扇門。」

「好的。麻煩你了，三號先生。」

「不用加『先生』。叫我三號就好。」

三號先生的語氣比平常還要鬱悶，不是錯覺。

「好！開了！」

燒焦的臭味，從壞掉的房門後飄出。室內還殘留著爆炸的熱氣。地上到處都是塌下來的天花板和不知從何而來的金屬片，沒地方可以踩。好幾根管子及電線，從破洞的牆壁露出來，統統呈現半熔解狀態，黏在一起。

由於狀況實在太慘，我沒能立刻找到那兩個人。而且，他們的義體位在伺服器室最深處，而且還在角落縮成一團，停止運作。二十一號因為覆在二十二號身上的關係，背部被燒得一片焦爛。直到最後，他都想著要保護二十二號。因為二十一號把「由我保護你」當成口頭禪掛在嘴邊……

三號先生咕噥了句「好慘」，就沒再說話。好慘。確實找不到其他詞彙形容。

我分開兩人的義體，讓他們仰躺在地上，檢查全身的狀態。二十一號背部整個燒爛，二十二號則是腹部裝置受到嚴重損傷。除此之外，左肩還有被子彈射穿的痕跡。至於子彈擦過的那種小傷，則是多不勝數。二十二號在侵入伺服器室前，拚死保護了二十一號……

不曉得二十一號帶著什麼樣的心情，看著二十二號耗盡力氣。不曉得他帶著什麼樣的心情設置炸彈。

一開始，我就覺得這個計畫太強人所難。敵人的種類及數量尚未明瞭，連能不能通訊都不確定，竟然要僅憑四個人潛入這樣的地方。

『二十一號真厲害……我好怕喔。』

我忽然想起二十二號說過的話。第一次出擊前的對話。二十一號笑著說『沒什麼好怕的』，眼神很溫柔。

那個時候，二十一號和我，說不定連那麼害怕的二十二號，都不知道死亡是什麼感覺吧……雖然我到現在都還不知道。

只有獨自倖存下來的我，不知道大家知道的事。只能默默看著大家。明明是夥伴，卻只有我無法加入其中。只有一個人站在外側。那就是我的職責……

【紀錄：二十一號／大本營】

或許，我是第一次產生焦慮這種情緒。有點像一把火慢慢從體內開始燃燒、細小的尖刺碰到皮膚的那種感覺。

沒錯，我感到焦慮。這樣下去，沒辦法保護好二十二號。事實上，我的確沒保護好他。一而再，再而三地。

『二十一號真厲害……我好怕喔。』

當時我明明發過誓。由我保護他。不會讓二十二號害怕。結果……

戰場上是一連串的意外。即使有正確且精密的偵察，還是無法排除所有異常要素。超出預測的敵人出現，意想不到的攻擊襲來。如今我深深體會到，那就是戰場。

直到戰鬥開始前，我的偵察及調查都完美無缺。然而，一顆砲彈或一臺敵人，就能將其徹底推翻。從那個瞬間重新偵察、收集情報。再度以完美為目標，讓ＡＩ全速運轉。快一秒也好，快零點一秒也好。

速度太慢，等待我們的就是敗北。不過，敵人的干擾日漸加劇。起初只有數量可取的傢伙，學會利用地形，利用惡劣的天氣發動奇襲。

機械正在學習、進化。

我們當然也會學習、進步。接二連三的戰鬥，迫使我們逐漸提升技能的等級。但光這樣還不夠。我必須「做得更好」。能逆轉劣勢的力量，能將針孔轉變為突破口的力量，是只有掃描型才可能獲得的力量。

我想要情報。多麼瑣碎的情報都可以。總之，需要情報。下次被派到的戰場的地質、地形、天候。敵人的種類及數量、陣型，不實際看過不會知道，戰場本身的情報卻能先收集到。

來自地面的觀測資料、來自衛星基地的觀測資料、最新資料、過去的資料，將各種資料塞進記憶區塊。

再艱辛的狀況，只要那是「現實」發生的事，機率就不可能是百分之百或零。要不是無限接近百分之百，就是無限趨近於零。既然如此，讓機率多少遠離零一些，就是我的職責。

假如密集到沒有空隙的敵人，多少有些不均衡之處，會在哪裡？地勢如何？氣象條件呢？

……不夠。還不夠。這種程度的情境模擬，我一直都有在做。

「二十一號，你現在方便嗎？那個——」

我打斷來找我的二十二號說話。

「抱歉。等等再說。」

離下一次作戰開始的時間有限。

「啊，你在工作啊。打擾到你了。對不起，常常干擾你做事。」

說「常常」太誇張了。我會在什麼樣的時機做什麼樣的工作，二十二號大致都明白。只不過是我最近工作的時間變長了。戰鬥次數變多，該看的資料也會隨之增加。

該看的資料？過去的戰鬥？對了，把更久以前的交戰紀錄找出來參考如何？

不是以數十年、數百年為單位，而是以數千年為單位。不對，將那塊地區的交戰紀錄統統調查過怎麼樣？機械會透過與人造人反覆交戰來學習、進化。既然如此，只要看過全部的交戰紀錄，是不是就能掌握某種傾向或規律性？能不能從中找出對付他們的有效方式？如果能至少知道下次戰鬥前，該強化哪個方面，也會比較好制定對策……

問題在於，那些交戰紀錄保存在哪裡。應該在主要伺服器的某處，但這不是會頻繁用到的資料，感覺得花一番時間才找得到。不過，有一試的價值。

趕快跟教官建議，徵求司令部的允許……不行。這樣來不及。

「看來只能先斬後奏了。」

我決定擅自侵入伺服器。即所謂的非法存取主要伺服器，哎，沒人發現就行了吧。就算被發現，只要作戰成功，照理說司令部也不會有意見。總之，沒時間了。

實際試過會發現，駭入伺服器並沒有多難。雖然有做一定的防護措施，和機械生物的伺服器比起來，跟紙糊的沒兩樣。之後最好找機會建議他們強化安全系統。

比較淺的階層當然找不到我要的交戰紀錄。我突破一道道防護罩，潛入更深處。

為什麼之前都沒想到可以這麼做？愚蠢的自己令我感到火大。不對，說不定是因為有之前那些失敗的經驗，我才想得到這個做法。即所謂的「狗急跳牆」。這樣的話，司令部之前堅持不讓我們中止作戰或撤退，也許不見得是錯的……

潛入到相當深的階層時，防護系統的強度突然提升。出現攻擊型防護罩。沒辦法，這麼深的區域，保存的應該都是機密資料。

不過，別小看最新型掃描型機種了。我輕易躲開攻擊，繼續搜尋資料。

「嗯？」

這不是我要找的資料，可是——

「這是什麼？」

我的視線無法從那個文件上移開……

第四章

第四章

少年奇葉 Ver.. 1.05

【紀錄：九號／山岳地帶・壕溝】

從剛挖好的壕溝抬頭看過去，是一片藍天。高高隆起的土丘的上方不遠處，鑲著一條黑色稜線。這樣看起來像一座矮山，實際上，它可是標高超過三千公尺的山。這裡是山岳地帶。

我們現在所在的壕溝，高度挺高的。因為盡量占據比敵人更高的位置是「基本戰術」。這是我從二十一號那邊聽來的。

「欸，二十一號。那種鳥叫什麼名字啊？」

二十二號指向的地方，有一道黑影竄過。遠方傳來砲擊聲。二十一號慢了半拍才抬起頭。

「鳥？」

「你看，飛得很高的那隻……啊，停到樹上了。」

「在這種狀況下，鳥的名字根本不重要吧。」

二十一號尖銳的語氣，令二十二號立刻消沉下來。雙方的心情我都能理解。所以，我先站到了二十二號那邊。

「別這麼說嘛。二十二號是想緩和氣氛。放鬆一點啦，二十一號。」

二十一號眉頭皺得更緊了。應該是在煩惱之後該如何行動。畢竟這次的任務有點特殊。

救出發送救難訊號的人。

用一句話說明，就是這樣。訊號來自崎嶇的山岳地帶，還被敵人包圍。因此完全無法跟求救對象取得聯繫。我們推測對方可能是地上的抵抗軍成員。

在險峻的地形跟敵方大軍戰鬥並不罕見，但「救助」任務倒是第一次。也是第一次在地上遇到寄葉型以外的人造人。我認為二十一號表情這麼凝重，原因就在於此。

與目標接觸，將其救出。也就是說，我們這次不能「全滅」。更不能懷著自爆的覺悟衝進敵陣。敵人的數量、強度、不利的地形，卻跟之前的任務沒有差別。

因此，三號先生、四號先生和六號三個人，先去偵察及調查行進路線了。是敵人比較少的區域。雖然只是「比較少」。

二十二號之所以不在其中，是因為二十一號要留在後方。教官判斷與其跟偵察隊會合，最好在後方廣範圍探測敵情。

仔細一想，我們三個很久沒有共同行動了。最近，二十一號跟二十二號一直被迫擔起帶頭衝進敵人密集地帶的任務……

「我想知道那種鳥叫什麼名字。」

二十二號怯生生地說。嗯。我懂你的意思。

你想知道我們想奪回的地球，究竟是什麼樣的星球。

「其他生物的名字也是……我想多瞭解地球一些。因為，那是我們想奪回的星球。」

跟我猜的有點出入。不過意思大概相同。我當然不會說出口。得意洋洋地講這種話，應該滿惹人厭的，而且……

「你們有沒有聽見什麼聲音？」

我停止思考，環顧周遭。正當二十一號疑惑地歪過頭。我明顯感覺到有東西在接近。從上空。

「糟糕！是EMP炸彈！」

我看見二十一號推倒了二十二號。我迅速展開防護罩。在我祈禱「一定要趕上啊」的瞬間，光芒炸裂。爆炸聲在零點幾秒後降臨。

沒受到損傷。撐住了——我才剛鬆一口氣，就聽見叫聲。是二十二號。他發出野獸般的哀號，在地上掙扎。

「回路被入侵了！九號！」

「我知道！」

我從急救包中取出針筒，插進二十二號的脖子。侵入回路的是敵人的奈米機器，名為邏輯病毒的東西。我祈禱著不要是新型，觀察二十二號的狀態。

二十二號四肢用力抽搐，不過很快就安靜下來了。幸好是常見的病毒。

「這樣就沒事了。」

只要休息一下，就會像什麼事都沒發生過似的醒過來。

「不，等等！」

二十一號拿出SS。

「根據那些傢伙之前的行為模式，EMP攻擊後，他們一定會……」

SS的聲音，打斷了二十一號說話。

『掃描完畢。於全方向偵測到機械生物反應。數量兩千三百以上。』

二十一號嘖了聲，關閉SS的聲音。無計可施的意思？不對，怎麼可能……

「等一下。看看戰術指南……」

我用顫抖著的聲音，透過SS叫出指南。然而，回應我的是冷淡的『查無適當對策』。

「放棄吧。唯一的攻擊型機種二十二號受傷了。」

「可是……」

「沒有光憑你這架治療型，和我這架掃描型就能執行的作戰計畫。」

聽得見在地上行走的吵吵聲。還很遠。但確實正在接近。機械生物。

二十二號大概要再過一陣子才會醒來。他總是帶在身上的來福槍，如今掉在旁邊。就我看來，那把槍彷彿在叫他快點醒來，快點把我撿起來。

「我們也有做得到的事！」

我將手伸向來福槍。重到用兩隻手拿依然站不穩。不過，敵人要來了。兩位前輩和六號也不在，不巧的是，教官也不在。他為了定期聯絡司令部，移動到訊號較好的地方。所以……不能什麼都不做。

我勉強抱起來福槍，擺好架勢。敵人接近到肉眼可見的範圍。我雖然是治療型，並不是沒受過射擊訓練。怎麼開槍這點小事，我還是知道的。我用左手牢牢撐住槍身，夾緊右腋，握住握把……

扣下扳機的瞬間，頭部彈向後方。我狼狽地坐倒在地。看來射擊時產生的後座力，沒能順利抵銷掉。

「笨蛋！那可不是非槍擊型的我們用得了的槍！」

二十一號跑到我身邊，將我扶起來。我明白他說得對，可是。

「我……不會放棄。」

我再度站起來。雙膝使力，擺好架勢。二十一號低聲罵了句「笨蛋」。接著，槍突然變輕了。二十一號不知何時扶住了它。

「二十一號……」

「你負責全力穩住槍。我來修正彈道。」

二十一號將纜線從槍中拔出來，接上自己的耳朵。

「雖然不知道做不做得到，總比你獨自應戰好。」

「知道了。」

「來了！調成點射模式連開兩槍！」

二十一號開始倒數。發射。槍身劇烈晃動。再一槍。穩住槍身。爆炸聲傳來。

「射中……了？」

二十一號放開槍站起來。他似乎在確認狀況，立刻「很好」點了下頭。子彈確實命中，對敵人造成傷害。太好了。能夠戰鬥。

「就這樣把逼近的敵人統統——」

雷射發射的聲音傳來，二十一號話只講到一半。回過神時，我們都被轟飛了。

「二十一號！」

我立刻跳起來。幸好沒受傷。不過。

「小心……點……有雷射狙擊型……」

二十一號按住肩膀，痛得面容扭曲。以他這個狀態，不可能有辦法開槍。而且，能對抗機械生物的武器，只有二十二號的來福槍。

「怎麼辦。這樣下去……」

二十二號失去意識，二十一號受傷了。憑我一個人別說攻擊，連防禦都做不到。敵人已經來到面前了。

再說，為什麼會有敵人？這裡明明是安全的後方。

敵人停止前進。意味著他們等等要同時發動攻擊。我只能看著敵人做出預備動作，束手無策。

這時，一陣強風吹來。敵人接連倒下。

「被打得很慘嘛！」

不是風。突然衝進來的那個人，斬裂一臺又一臺機械生物。

「三號……先生？」

「不是叫你別加『先生』了嗎？」

三號先生拿掉護目鏡，擦拭額頭的汗水。

「你這種一本正經的個性，我並不討厭就是了。」

三號先生咧嘴一笑。就在這時，機械生物不知不覺從背後逼近。

「三號先生！敵人！」

回頭一看，分不清是手臂還是腳的金屬近在眼前。當我心想「完蛋了」的瞬間，規律的射擊聲響起。敵人四分五裂，細碎的金屬片從空中散落。

我鬆了一口氣。四號先生也來了。

「做完一件事就會鬆懈下來，是你的壞習慣。」

「三號，把護目鏡戴上。還有敵人。」

四號先生單膝跪地。兩把手槍噴出火焰，排成一列的機械生物不斷倒下。

「是你太龜毛了啦！」

三號先生抱怨著戴上護目鏡，再度舉起劍。敵人連擺出攻擊動作的時間都沒有，就被一刀兩斷。

「啊啊──一期生的攻擊太隨便又沒效率，看不下去了。」

六號把刀扛在肩上走出來。我想他口中的「一期生」，是單指三號先生。四號先生的射擊一點都不隨便，六號也很清楚。

儘管敵人還是一樣不斷增加，我已經不擔心了。因為有兩位前輩和六號在。他們大概是發現我們所在的位置被投擲EMP炸彈，或是因為通訊中斷而起了疑心，急忙趕回來的。

「六號！別玩了！給我認真做事！」

「是。」

剛說完「知道啦」，六號就高高躍起，在著地的同時砍倒兩臺敵人。然而，六號並沒有停下。刀刃一閃。在我心想「像在跳舞一樣」時，六號已經將周圍的敵人掃蕩乾淨。

「滿意了嗎？粗魯的三號？」

「你這傢伙給我加上『先生』！」

「才不要——！」

他們之所以有心情鬥嘴，是因為敵人開始撤退。

「九號，趁敵人還沒回來，幫二十一號治療。」

「是！」

經過四號先生的提醒，我急忙檢查二十一號受傷的部位。沒時間給我喘息。雖說他們暫時撤退了，那些傢伙很快就會回來，而且數量會比撤退前更多。一刻都不能鬆懈。

「真慘。」

六號探出頭。二十一號皺起眉頭。應該是因為放鬆下來，導致他意識到疼痛了。二十一號的傷勢，比我想像中還嚴重。

「教官！」

三號先生大叫。太好了。教官也回來了。

「報告狀況。」

「是。敵人以EMP炸彈攻擊後，二十二號的回路遭到入侵，不過已經穩定治療完畢。二十一號……」

二十一號打斷我說明，站起身。

「因雷射狙擊而負傷，但沒有大礙。還能戰鬥。」

「好。」

教官說道，環視眾人。

「已確認救援對象位於前方五公尺處。目標正在持續發送救難訊號，推測依然生存。因此，作戰繼續進行。十五分鐘後出發。各自檢查好裝備。」

十五分鐘。只有這點時間。在這麼短的時間內，二十一號和二十二號有辦法恢復行動能力嗎？

六號嘀咕道「要是救援對象死掉就輕鬆了說」。不是故意講給別人聽，不過聲音也沒小到教官聽不見。比起輕率的發言，這句話更像在抗議教官逼我們繼續執行荒謬的作戰計畫。

「教官。」

「什麼事？二十一號。」

「我們M部隊是實驗用部隊，不適合救出作戰。建議向司令部請求支援……」

建議撤退或中止作戰，只會被駁回，所以二十一號才改成用「請求支援」。不過，在場的所有人都知道，連這都是徒勞無功。

「二十一號，救援要求發送過好幾次了。」

四號先生鎮定地說。明明他心裡肯定很想為這個狀況嘆氣。

「司令部還沒有回應。」

「為什麼不回應呢？」

六號露出邪惡的笑容。

「有兩種可能。」

願意認真回答的這部分，很符合四號先生一板一眼的性格。

「通訊設備故障，或是故意不回應。」

「……為什麼？」

我忍不住問。儘管明白這是得不到答案的問題。

「不清楚。可能性太多，我連推測都不想推測。」

默默聽著我們交談的教官，終於開口。

「無論如何，我們要做的只有按照計畫，救出目標。」

教官只留下一句「動作快」就離開了。不曉得是誰輕輕嘆了口氣。

「別管那麼多，殺進去幹掉那些機械就對了啦。」

至少剛才的嘆息不是出自三號先生口中。經過深海基地的救出活動後，三號先生變得異常有活力。雖然看到那樣的慘狀還有辦法打起精神，讓我覺得不太對勁，或許他反而是看開了。

「想因為有勇無謀的計畫喪命的話，請你自己去死。」

「哈！如果我活下來，第一個把你揍死。」

四號先生應該不是真的希望他「自己去死」，三號先生也不是真的想揍死他。大概。

「毫無回應的司令部、死板的教官、關係惡劣的前輩。真好笑。」

總覺得六號嘴巴愈來愈毒……雖然我早就習慣了。

「走囉，二十二號。」

二十一號試圖抱起二十二號。

「不要勉強。他還——」

「沒事吧？」

我正準備說「他還沒恢復意識」，二十二號就微微睜開眼睛。

「嗯。對不起……九號。」

他看起來還很難受。連走路大概都很勉強，更遑論戰鬥。可是，回答我的並非二十二號本人，而是二十一號。

「沒問題。休息一下就會恢復。」

「哪裡沒問題！二十一號，別勉強。離燒掉的回路自動修復，還要等一段時——」

「不能因為我們的關係害作戰延遲吧！」

我講不出任何話。最擔心二十二號的人，是二十一號。

「沒……事……很快就會……變好。」

二十二號看起來還是很難受，但我只能點頭。然後，在內心重複不曉得問過第幾次的問題。

司令部在想什麼？

【紀錄：弗羅克斯／山岳地帶・洞窟】

我作了掘井的夢。

那是某處的營地……都是因為機械們瞬間讓我們拿來當生活用水的湖泊乾涸。我們從來沒想過要去找其他水源，所以相當頭痛。當時說「沒辦法，來挖水井吧」的人，是隊長嗎？是嗎？

不過設置炸彈，害我們大吃苦頭的，是洛塔斯。我明明勸阻過他。到頭來，還是乖乖挖洞比較快。

如同地震的聲音響起。果然是洛塔斯那傢伙。好不容易挖好的洞要被埋起來了。得去阻止他。快去叫隊長……隊長……

「啊啊啊啊啊！救命！救命——！」

卡克特斯隊長的叫聲驚醒了我。掘井是夢境，不過隊長的慘叫聲是真實的。

「怎麼了，隊長？又睡昏頭了？」

我揉著眼睛坐起身，看見隊長裹著睡袋，瑟瑟發抖。連在黑暗中都看得出來，冷汗從他的額頭噴出。

「啊？弗羅克斯？什麼嘛，原來是夢……」

遠方傳來爆炸聲。那是我在夢中聽見的爆炸聲，讓隊長作惡夢的元凶。

「是敵人的觀測轟炸。用聲音和光線嚇人，觀察目標的反應……」

我們在這座洞窟守了三天。他也該習慣了吧。隊長自己似乎也在想同樣的事，露出像小孩子一樣悶悶不樂的表情說「我知道啦，真是」。

等隊長冷靜下來，再去睡一覺吧。反正也沒事做。事實上，我們與其說守在洞窟，更接近被敵人包圍，受困於此。

我聽見「收穫一堆收穫一堆收穫一堆」的聲音。是洛塔斯。他抱著一個大箱子，搖搖晃晃地走著。他去洞窟附近撿來了垃圾。其實偵察才是這傢伙的任務。

「收穫一堆收穫一堆收穫一堆！」

他說「第一個是收穫第二個是收穫第三個是動詞的收穫喔」，但就我聽來統統都一樣。總之，洛塔斯不停嚷嚷「收穫一堆」的時候，代表他心情好到不行。

「這是感熱器，這是重力控制裝置。不過使用成本太高，所以用途挺狹隘的。」

「喂，洛塔斯。」

洛塔斯沒聽見。他「咿嘻嘻」笑著碎碎念「FFCR的瞄準器啊」。

「喂——！洛塔斯！」

我用會在洞窟裡產生回音的音量大喊，洛塔斯終於「好好好，什麼事？」有了回應。他連頭都沒回，視線仍然落在那堆垃圾上。

「外面是什麼情況？」

「看就知道了吧。我撿了不少資材回來啊。還有挺稀有的東西混在裡面……」

「不是啦！我問的是敵人！情況如何？你不是去巡視的嗎？」

「什麼嘛，原來你在問這個。」

洛塔斯立刻轉為興致缺缺的表情。

「沒什麼變化啊。」

洛塔斯對撿垃圾莫名有熱情，卻不是完全不做事。別看他這樣，這傢伙還挺能幹的。只是不擅長說明，還在各種方面有點脫線而已。

以前有人告訴過我，人類將這種類型的人稱之為「社交障礙」。意思是，從人類文明時代起，就存在一定數量跟洛塔斯一樣的怪人。

「假設這是我們所在的洞窟。」

洛塔斯拿金屬片在地上畫了個圓。

「以這裡為中心的半徑五公尺左右。」

他在圓圈周圍又畫上一個大圓。

「充滿有攻擊性的敵人。」

確實沒什麼變化。

「我將改造敵人做成的自動砲臺設置在洞窟周圍。」

洛塔斯在小圓圈外側加上分布不均的圓點。那些是自動砲臺的意思嗎？

「所以，這裡目前是安全的！」

「那、那些砲臺統統被摧毀後，接下來是不是就輪到這裡遭殃了？」

卡克特斯隊長探頭窺探洛塔斯畫的圖，指向小圓圈的正中央。他似乎不打算睡回籠覺，大概是被惡夢嚇怕了。

「砲臺的位置很分散，這裡不會被發現啦。」

難怪砲臺的排列方式如此不規律。既然這樣，砲臺瞄準的方向想必也設定成各不相同。對準敵人的話，擊破率一定會比較高，不過明顯就能看出「誰」「在哪裡」瞄準「什麼」。乍看之下較沒效率的做法，結果反而更快。跟手動掘井是同樣的道理。

「而且，砲臺被摧毀也不會怎樣。最後攻擊砲臺的個體會感染病毒，等於多了座新砲臺。」

這樣的話，乾脆用病毒感染所有的敵人如何？只要把包圍洞窟的敵人變成我們的自動砲臺，不就能輕易逃出這裡了嗎？

然而，我的主意很快就被駁回。

「這樣敵人會提高警戒等級，直接把這一帶轟掉。敵人擁有可以在地面開出幾十公尺的洞的兵器，這種洞窟一秒都撐不住。」

太天真了。令我們抵抗軍長年陷入苦戰的敵人，不可能這麼弱。萬事休矣——隊長仰天長嘆。不對，這裡看不見天空。

「再說，都是卡克特斯隊長的錯。」

「咦？我嗎？」

「還不都是因為你被寶物迷昏頭，跑到敵陣深處。」

「我、我也很努力啊……」

隊長話講得結結巴巴，頭愈來愈低。看得出他內心受到頗大的打擊。洛塔斯頭腦雖然好，卻不懂得收斂。

「別這樣，洛塔斯。」

他被寶物迷昏頭是事實，但責任不全在隊長身上。

「我們過來的時候，附近的機械生物以休眠狀態潛伏在這裡，偵測不到，所以這也是沒辦法的事。」

「是啦。」

洛塔斯坦率地點頭。他不會主動收手，但只要有人提醒，就不會繼續追究。這傢伙話雖多，骨子裡並不壞。除去不擅長說明，還在各種方面有點脫線……簡單地說就是「社交障礙」這一點的話。

「弗羅克斯，怎麼辦？」

隊長露出如同棄犬的眼神看著我。我努力克制住想回他「你才是隊長吧」的衝動。

「儘管目前有洛塔斯的自動砲臺幫忙打倒敵人，總不能一直這樣下去。可是我們無計可施。只能有耐心一點……」

我望向放在洞窟中央的巨大「箱子」。

「只能有耐心一點，等這東西發出的訊號被哪個部隊發現。」

是個細長型的箱子。高度和我的身高差不多。非常重。我沒仔細測量過，不過應該有七、八百公斤。

「訊號啊。嗯——難說喔。」

洛塔斯對那個箱子投以懷疑的目光。我們不知道裡面是什麼。門上的密碼太複雜，我們解不開。再加上這箱子做得特別堅固，以我們的裝備，連一道刮痕都無法在上面留下。

「這東西靠不住吧？」

「你怎麼講這種話！」

隊長立刻站起來，挺起胸膛。

「這可是月球人類議會做的超強裝備！」

這只是隊長的猜測。講白了點，只是他的願望。

「賣給其他抵抗軍，絕對可以賺很多錢！這樣你和我們就能過上更好的生活。」

「隊長，我們是為人類戰鬥的士兵耶？誠實是很好，不過可以請你講話稍微包裝一下嗎？」

我知道人類會使用「講話稍微包裝一下」這個慣用句，卻不知道要用什麼樣的物質包裝。若要緊緊包住灑出去會很麻煩或不能灑出去的東西，以免讓它跑到外面，應該要用防水性高的布吧？聽說有些包裝紙還可以吃，不曉得味道如何？

在我思考無謂的小知識時，洛塔斯操作著觸控式螢幕，歪過頭。

「好吧，我不討厭隊長這種庸俗的部分啦……咦？」

「怎麼了？」

「剛才說的砲臺，有一座被破壞了。」

「噢。其他機械生物會感染病毒，變成新的砲臺？」

「不，感染病毒的個體，訊號也立刻消失了……」

洛塔斯的頭歪向另一邊——左邊。「嗯？」了一聲，又歪向右邊。

「敵人有什麼可疑的舉動嗎？」

我從旁窺探螢幕。紅色光點大概是自動砲臺。光點消失，在旁邊亮起，然後又消失，在旁邊亮起，如此反覆。不過，紅點突然開始減少。而且速度非常快。

到底發生了什麼事？我跟洛塔斯都一臉疑惑。就在這時。爆炸聲響起。在極近距離。

「哇——！怎麼了怎麼了怎麼了怎麼了!?」

隊長以驚人的速度爬到洞窟角落，像鼠婦似的縮成一團。

「洛塔斯！發生了什麼事!?」

洛塔斯急忙操作觸控式螢幕，大叫：

「敵人消失了！不只我做的砲臺，其他敵人也都消失了！速度愈來愈快！」

巨大的爆炸聲再度響起。明顯比剛才還要近。

「哇——！哇——！哇——！要死了——！」

「隊長，你很吵！」

剛才的爆炸，導致泥土及碎石從洞頂掉下來。這是自然形成的洞窟。不能寄望它有多堅固。

「洛塔斯，搜尋逃出路線！」

然而，洛塔斯沒有聽從我的指示。

「咦？咦咦咦咦咦!?」

「又怎麼了！」

「來了！有東西要來了！」

爆炸聲接連不斷。我伸手抓住槍。

「隊長！把槍拿好！」

我硬讓隊長抱住槍，拿起自己的槍。解除安全裝置。有東西正在接近，毫無疑問。

「洛塔斯，你到裡面去！」

我拿起槍，卻沒能瞄準，也沒能開槍。這次的爆炸比之前的都還要大。爆炸的氣流襲來，眼前瞬間變得一片模糊。我聽見有東西扔到地上的聲音。我用手揮開分不清是塵土還是硝煙的煙霧。

有人倒在地上。是硬闖進來，結果耗盡了力氣嗎？

「那傢伙是誰啊！那傢伙是誰啊！那傢伙是誰啊！」

隊長徹底陷入恐慌狀態，很可能亂開槍。我拚命大叫：

「是人造人！不可以開槍！」

洛塔斯咕噥道「對方也有可能感染了敵人的邏輯病毒」。十分合理的擔憂。但總不能放著人家不管。

我拿著槍慢慢靠近。是全身黑衣的人造人。沒看過的類型。萬一這傢伙感染了病毒，以我們的性能及裝備，有辦法處理掉他嗎？

雖說是初次見面的對象，殺掉同伴會害人心情變沉重。希望他已經死了……在我腦中浮現這個念頭的時候。

「啊啊啊啊啊！好痛，混帳東西！」

那傢伙突然跳了起來。我反射性拉開距離。

「支援呢？沒人支援我嗎！」

「誰有辦法支援你啊。」

……又多了個黑衣人。穿著附兜帽的黑外套。

「誰叫你像白痴一樣直接往裡面衝。」

起初倒在地上的人跟之後才來的人，都戴著黑色眼罩。遮著眼睛竟然還能行動。這些傢伙會發出超音波嗎？他們是蝙蝠嗎？

之後才來的人轉身面向我。

「發出救難訊號的是你們嗎？」

他似乎看得見東西。我感覺得到他的視線落在我、隊長和洛塔斯身上。

「我們是來救你們的。」

這句話沒什麼說服力。說是來殺我們的，還比較能讓人接受。

「虧你們有辦法突破包圍網……」

不可能。只靠兩個人的力量。不對，不只兩個人。黑衣人一個個走進來。身材嬌小的有四個。無論如何，以這些人數不可能突破那個包圍網。

「數量是挺多的啦，但這裡的個體大多很弱。」

最先衝進來的人自豪地挺起胸膛，穿連帽外套的人卻潑了他一桶冷水。

「是誰被很弱的敵人打到連滾帶爬的啊？給我反省一下。」

「你說啥？」

「等等等等等等！麻煩兩位等一下！」

場面一觸即發，介入他們倆之間的，是洛塔斯。

「你們……擊破敵人了嗎？」

「對啊。這一帶那些不幸的機械，都被我砸爛了。」

洛塔斯皺起眉頭。雖然只有一瞬間。那不重要，黑衣人的同伴又增加了。是看起來地位最高的傢伙。不知為何，只有他沒戴眼罩。

「都沒事吧？」

隊長問「你是？」大概是一眼就看出對方是領導者。他很努力地在虛張聲勢，可惜連站都站不穩。

「我們是人稱寄葉型的新型人造人部隊。名為M部隊。」

「那個……」

這時，洛塔斯從旁插嘴。可是隊長和M部隊的領導者都不予理會。

「你們是來救我們的嗎？」

「沒錯。我們偵測到你們發送的救難訊號，才來到這裡。」

一名嬌小的黑衣人——更正，嬌小的寄葉型從旁邊探出頭。

「來到這裡的過程挺辛苦的喔？」

他雖然在笑，語氣卻帶著一絲責備。我忍不住想辯解。

「不是我們。」

「咦？」

「不是我們。救難訊號是從那個箱子發出的。」

除了洛塔斯以外的人，視線都落在箱子上。只有洛塔斯始終學不乖，在隊長身旁晃來晃去，不停說著「那個……」隊長當然沒有理他。

「啊——這是我們找到的珍貴裝備，不能分給你們。嗯——只是看一下的話，倒是可以破例允許。」

你是在跩什麼？然而，對方沒有因此感到不悅，當然也沒有因此感到惶恐，一副理所當然的態度，極其自然地走向箱子。

「識別號碼……2 1 9 4 3 2 D。」

他念出箱子上的小字。我們認為那或許跟門上的密碼有關。不過。

「打不開。靠蠻力也沒用。那東西超級堅固，不曉得是用什麼材質做的……」

「識別號碼2 1 9 4 3 2 D。」

那傢伙又念了一次號碼，打斷我提供的情報。不，他好像是在用語音輸入。

「要求解鎖。聲紋認證。寄葉M部隊指導官，布萊克。」

這傢伙叫布萊克(Black)啊。衣服跟名字一樣，都是黑色。而且還是指導官……

「聲紋一致。同意解鎖要求。」

箱子發出從未聽過的聲音。

「喂，你……！你做了什麼！」

看到隊長如此驚慌，我完全笑不出來，因為我也在想同樣的事。這傢伙到底做了什麼？

箱子的接縫噴出白煙，門忽然打開。同時從中掉出一個東西。人型的。漆黑的衣服。那人趴在地上，一動也不動，大概是沒有意識。

有人大叫「是寄葉部隊的裝備」。

「你們認識這傢伙？你們到底是誰!?」

我從來沒聽過隊長語氣這麼強硬。

「這是……二號、D型……」

反而是那個叫布萊克的指導官，講話支支吾吾起來。找到夥伴照理說會高興。他看起來並不開心，八成事有蹊蹺。

「那個！」

又是洛塔斯。這傢伙一直在吵。我忍不住怒吼：

「現在沒空！你看不出來嗎!?」

本來想叫他閉嘴，卻成了反效果。

「呃，或許是這樣沒錯。但我認為應該也要把不是這樣的可能性列入考量。因為，我要說的或許是很重要的事，弗羅克斯先生你不也常說共享情報是很重要的？對於熱衷於敵人的零件，將與人溝通的優先順序設定得比較低的我來說，我想積極地把這個情報分享給隊伍裡的人知道……」

按錯開關了。事已至此，要讓洛塔斯閉嘴近乎於不可能。

「好啦！知道了！所以你要講什麼？」

我突然聽見一陣陌生的聲音，有點像蟲的拍翅聲，但我無法將注意力集中在上面。因為洛塔斯突然指向最先衝進來的那傢伙。

「剛才那位黑衣人……不對，大家都穿黑衣。那位短頭髮的粗暴之人說——」

洛塔斯很不會講話。不出所料，對方一副被惹火的態度，威嚇洛塔斯。

「啊？怎樣？」

只不過，洛塔斯毫不畏懼。他沒發現人家在威嚇他。我這個旁觀者還比他更緊張。

「他說『這一帶那些不幸的機械，都被我砸爛了』。」

「那又如何？」

「我們在被敵人包圍的狀態下，以這個據點為中心躲了三天左右。這段期間，我們一直留意著不要殺太多敵人。」

「幹麼這麼多此一舉？」

發問的是穿連帽外套的人。

「因為在敵人密集的區域太高調的話，會被敵軍盯上。」

對喔。不小心忘了，躲進這裡後他也講過同樣的話。所以我們才束手無策。意思是，剛才聽見的陌生聲音不是錯覺……

「被盯上會怎樣？」

「有各種可能，從過去的例子來看，資料顯示出敵軍發現強度到達一定程度的人造人部隊的所在地時，會進行大規模轟炸。」

糟糕。像蟲子拍翅聲的聲音，變成清晰可聞的熟悉聲音……是轟炸機的聲音。

「看，就像這樣。」

洛塔斯指向洞頂。撕裂空氣的聲音忽然傳來。一陣又一陣。等我意識到敵軍投下了炸彈時，眼前已經變得一片漆黑。

【紀錄：洛塔斯／山岳地帶・洞窟】

呼——睡得好飽。嗯——我好像睡了很久。後頸在喀啦喀啦響。所以，我要幹麼啊？

這個嘛，我想想……噢，對對對。得改良自動砲臺。想把射程調得更遠一點。來繼續工作囉……啊——這邊的零件果然歪掉了。畢竟是使用率高的部分，離砲身又近，溫度會迅速升高。歪成這樣會降低準確度。必須想辦法處理。就算射程提升了一些，一直射歪就沒意義囉。

最快的解決方案是提升零件強度。想提升強度，要不是改變形狀，就是更換素材，改變形狀需要有點麻煩的計算作業，而那個零件出現細微的誤差時，還可能影響其他部分，這樣的話，用其他素材加工，做成同型的零件還比較安全方便。

只不過，素材很難搞啊。剛才我撿來的資材裡面，沒有可以用的。收穫一堆，卻沒有我現在想用的零件！真是太矛盾了！想要盡快解決這個問題，應該再去回收機械生物的殘骸，可是於洞窟周圍出沒的機械沒有我要的類型……噢，好痛！有東西砸到我的頭頂。嗯嗯嗯？這、這是！這不是我現在最需要的素材零件嗎！

嗯？那邊地上也有？咦？這邊也有？不會吧⁉這裡也有！怎麼會，難道⁉那裡也有！

為何如此順利⁉不不不，先不管這個了。總之，收穫一堆！收穫一堆收穫一堆收穫一堆耶！咿嘻嘻！

這樣就能設置射程更長、準確度更高、更節省能源的自動砲臺囉！嗯？等一下等一下等一下。給我等一下！只要把那個這樣弄，再把這個這樣弄……嗯嗯，更讚了！然後再把這個這樣，那個這樣……啊啊，好開心喔。改造機械太愉悅啦！

真想改造更多機械。可是光靠這一帶的敵人數量不夠，不如說能採取的數量有限。

因為一次採取太多的話，會被敵人盯上，太危險了。剛才也……嗯？剛才怎麼了？好像要想到什麼了，又想不起來……

『洛塔斯大人～～～！』

咦？誰叫我？呃，咦咦咦咦咦咦咦⁉一大群機械生物⁉嗚哇哇！要、要被殺掉啦！

『洛塔斯大人～～～！』

什麼！機械竟然在說話！最近的機械真先進。呃，不是啦！為什麼要叫我「大人」？為什麼要往我身上蹭？

『來改造人家嘛♥求、求、你♥』

小型、中型、大型、飛行型，眼前是各種類型的機械！收納腦部裝置的部分還暴露在外面！一覽無遺，隨我摸到爽。

這、這是不是人類文明所說的主角威能導致的後宮展開!?……不不不不！不對！不是！有問題！現實中不可能發生這種事！絕對！

「哪有機械這樣講話的！身為機械，你們的語氣不對吧！」

你們是機械！跟人類的女生不一樣，不一樣！

『洛塔斯……大人……洛塔斯大人……請改造，我們。』

對對對！就是這樣！這種僵硬的感覺！這就對了！

好了。要從哪個孩子開始改造咧——咿嘻嘻！要先改造這臺飛行型的瞄準器，還是這臺中型的腦部裝置……

『我也，麻煩您了。』

『我，先來的。』

『我先。』

啊啊，好幸福。剛才有一群又黑又粗魯的人把洞窟附近的敵人統統破壞掉害我們被敵人盯上遭到轟炸亂成一團，不過這麼幸福的情境，簡直跟作夢……嗯？

被敵人盯上？轟炸？

呃……

我剛剛就覺得，自己好像過得太爽了，不如說充滿夢想，難道，真的是夢？……不不不不！這不是夢！絕對不是夢！所以我不要醒來！死都不醒來！

看，有這麼多機械生物……不見了？咦？真的假的？真的是夢？

「不要啊啊啊啊啊啊啊！」

糟糕。我被自己的聲音驚醒了……

【紀錄：九號／山岳地帶．洞窟遺跡】

我寶貝的衣服髒掉了啦——是六號的聲音。不過，好暗。一片黑暗。我還在作夢嗎？有點喘不過氣。我呆呆地想著，既然要作夢，何不讓我作更愉快的夢。

「噢，你們也活著啊？運氣真好。」

「這座洞窟好像剛好偏移轟炸的中心。」

「哦，是喔？真幸運。」

這次聽得很清楚。不是夢。是六號的聲音。還有抵抗軍的，呃……是洛塔斯先生嗎？

「其他人呢？」

「誰知道？」

「『誰知道』……你不擔心嗎？」

這是弗羅克斯先生。我慢慢想起來了。我們終於抵達救難訊號的源頭，然後遭到轟炸。我的記憶在此中斷。

「我在這邊擔心也沒用，死了就是死了，活著就是活著。」

我想回答「我活著喔」，卻發不出聲音。手和腳都像結冰似的，一動也不動。不對，是動不了。我終於理解自己身處的狀況。洞窟崩塌，我差點被活埋……

「九號，沒事吧？」

教官的聲音傳來，有種身體突然被往上拉的感覺。空氣瞬間灌入口鼻，害我不小心嗆到。

「謝謝……您。」

咳了一陣子後，總算有辦法發出聲音。嘴巴裡都是沙。

「四號，找出其他隊員。」

「瞭解。」

沒看見三號先生跟二十一號、二十二號。我心想「我也得幫忙找人」，卻無法立刻站起來。看來我昏倒了很長一段時間。關節非常僵硬，身體也冷冰冰的。

「有沒有看到我們的隊長？」

「倒在這裡。」

「呼，太好了……」

我一面聽著弗羅克斯先生和教官交談，一面慢慢挪動四肢。全身上下都在痛。

「隊長！隊長！起來了！天亮了！」

卡克特斯先生睡得很舒服的樣子。洛塔斯先生說著「不行不行，這樣沒用啦」，拿起一顆大石頭。咦？該不會？

「喂喂喂！洛塔斯！」

「去死——！」

我沒猜錯。洛塔斯先生將那顆大石頭，往卡克特斯先生的額頭扔下去。根本沒時間阻止。

若是人類，絕對會沒命……

「哇——！」

卡克特斯先生尖叫著跳起來。幸好他不是人類。

「洛塔斯！你喔，總有別的做法吧!?是說，你剛才叫我去死對不對？對不對？」

卡克特斯先生逼近他，洛塔斯先生若無其事地回答「對啊——」。搞不懂這些人……

「好了啦，隊長。寄什麼部隊的人還在耶。」
「寄葉部隊。」
教官糾正他的語氣，也變得有點無奈。不過，這段對話因為四號先生的一句話而中斷。
「找到二號了！」
我急忙起身。沒錯。還有一個人。二號……先生。在遭到轟炸的前一刻與我們會合的第七名隊員，我的前輩。
「九號，啟動他。」
「收到！」
我立刻衝過去。身體某處在吱嘎作響，但我根本管不了那麼多。我跪在滿是泥巴的義體旁邊。二號先生的四肢比我更加冰冷，不曉得是因為被埋住了，還是因為處於休眠模式。
「教官，這個叫二號的到底是？」
「我們寄葉M部隊的最後一名成員。」
我一面啟動二號先生，一面豎耳傾聽四號先生和教官交談。我也不清楚二號先生的資訊。
「二號D型。防禦型機種。本來預計跟M001一同就任，但他需要比較多時間調整，便決定之後再運送過來。看這情況，推測是輸送機被擊墜，逃生艙掉到了這裡。」

「他是你們的同伴？」

卡克特斯加入兩人的對話。

「對。不好意思，不是寶藏。」

「什麼嘛，可惡……虧我還在想說把寶藏賣了，到沒有機械生物的地方開心過日子。」

幸好二號先生沒被賣掉……

「教官，二號先生啟動完畢。」

他的四肢還冷冰冰的，全身是傷，可能是在墜落時撞到的。不過，啟動過程中沒遇到問題，應該用不著多少時間就能恢復。

「啟動。」

二號先生像遭到電擊般，身體彈了一下。他才剛咳出聲，就已經站起來了。彷彿在警戒。敏捷的動作讓人想到六號。

「這裡是……？」

二號先生謹慎地環視周遭。這也不能怪他，因為他搭乘的輸送機墜落了。不曉得二號先生是在哪個階段失去意識，不過直到昏過去的前一刻，他肯定都處在被敵人包圍的驚險狀況下。

「這裡是山岳地帶西北方的洞窟……的遺跡。」

「你們是？」

「我們是寄葉M部隊。我是教官布萊克，負責率領這個部隊。」

二號先生微微睜大眼睛。會驚訝很正常。的確，逃出用的逃生艙一定是朝我們的大本營附近發射，也有發送救難訊號。他用了各種手段想跟我們會合，不過地面如此遼闊，睜開眼睛，夥伴就在面前……這麼幸運的事，發生的機率並不高。

「看這情況，你在輸送途中被擊落了對不對？為求保險起見，幫你檢查一下生命徵象和有無感染邏輯病毒。九號，麻煩了。」

「是！」

我回答後，教官馬上回頭望向四號先生。

「剩下的人呢？他們沒弱到會死在那點規模的崩塌下吧？」

「如果掃描型二十一號在就好了……」

教官看著周圍大叫：

「二十一號！在嗎!?」

不遠處傳來呻吟聲。

「在……這裡……」

雖然很沙啞，確實是二十一號的聲音。我鬆了口氣。

「傷勢如何？」

「腳有點……」

「九號，幫他看看。」

我回答「瞭解」，可是，二號先生還沒診斷完。怎麼辦？

「不用管我沒關係。呃，那位是……二十一號嗎？去幫他治療吧。」

二號先生是個好人。我微微低頭致意，跑到二十一號身邊。他身上沾滿泥巴，幸好沒有擦傷或裂傷。我輕輕按壓他的腳，觀察反應。拉直腳踝，接著換膝蓋，二十一號皺起眉頭。想必很痛。如果只是輕微的疼痛，二十一號眉毛都不會皺一下。

「別忍耐，痛就說。」

「……好。」

「這裡呢？」

「有點痛。」

驅動系統的結構果然受損了。傷腦筋。只有大本營才有零件。能在這裡做的處置有限。

「教官，二十一號的腳需要更換零件。我先做了應急處置，剩下得回大本營才能處理……」

「知道了。二十一號，有辦法掃描嗎？」
二十一號回答「可以」，試圖站起來。我連忙撐住他的身體。腿部承受愈多重量，疼痛就會愈劇烈。
「別勉強，二十一號。」
「沒……事。」
二十一號開始掃描。額頭冒出冷汗。或許是因為還沒找到三號先生跟二十二號吧，他寧願忍著痛，也要履行自己的職責。
「那邊和……這邊，偵測到黑盒的殘留反應。不過……」
二十一號支吾其詞。能推測出他要說什麼的人，不只有我。教官、四號先生、六號，應該都猜到了。
「六號、四號，把他們拉出來。」
「咦——？九號不用幫忙嗎？真不公平。」
教官說「你們這兩個攻擊型比較擅長做勞力活吧」，但我能理解六號的不滿。
「我也來幫忙！」
最好快點把三號先生跟二十二號救出來。我想起土壤冰冷的觸感，下意識抖了一下。不能讓他們一直待在那種地方。而且，我有股不祥的預感……
六號和我一起拉出三號先生，四號先生則將二十二號從岩石和土壤間拉出來。

他們都沒有反應，動都不動。不祥的預感命中了。
「他們的黑盒……都緊急停止了。」
擔心地探出頭的二十一號，表情瞬間僵住。六號嘆了一大口氣，四號先生默默垂下視線。
卡克特斯先生疑惑地看著我們。
「怎麼了？不能像剛才那樣，兩三下就治好他們嗎？」
有那麼簡單就好了。如果兩三下就能治好他們，該有多好啊。
「你不懂啦。」
六號誇張地聳肩。
「黑盒是裝在我們寄葉型身上的心臟部位。一旦緊急停止，就會進入保護模式，停止所有機能。」
「跟剛才那個人有什麼差別？」
「二號只是處於休眠狀態。三號和二十二號是緊急停止。後者的情況，能源會無法供應到腦部裝置，導致記憶區塊揮發。」
「揮發？記憶區塊消失？簡單地說，不就是死掉了嗎？」
「一般的人造人，是這樣沒錯……九號，等你手邊的工作做完，跟他們說明一下。我嫌麻煩。」

六號扔下這句話便別過頭。我默默開始「工作」。首先，以最快的速度安裝三號先生的自我修復模式。解除黑盒訊號的保護模式。然後……

不久後，三號先生從地上跳起來。跟二號先生一樣劇烈咳嗽，痛苦地喘著氣。

「……幾分鐘!?」

這也是每次都會進行的對話。我念出SS顯示的時間。

「三十五小時又三十二分鐘。」

「可惡！這麼久！」

三號先生氣憤地揍向地面。卡克特斯先生看了，納悶地歪過頭。三號先生詢問時間的理由、因為過了那麼久而灰心喪志的理由，卡克特斯先生——不對，弗羅克斯先生和洛塔斯先生，都無法理解……

「他不是活過來了嗎？有什麼問題？」

「我們寄葉型可以備份自我資料，這是前所未有的機能。」

「自我資料？」

「記憶、戰鬥特性、獨特的習慣……之類的資料。」

簡單地說，就是構成一個人的東西。一個人的內在。

「身為治療型的我會備份全隊的資料，定期傳回伺服器。」

「那不就行了嗎？」

將本人的內在轉化為資料，傳送至基地的伺服器，保存起來。就算發生什麼問題導致資料毀損，只要下載保存起來的資料重新安裝，就能恢復原狀……我曾經是這麼想的。直到實際經歷夥伴的死。

「沒那麼簡單。」

二十一號輕輕搖頭，視線落在躺在地上的二十二號身上。

「備份自我資料需要時間。把資料傳回伺服器也是，需要有穩定的通訊環境。」

「也是啦，畢竟容量感覺很大。」

「不會遭到敵襲的安全狀況，以及穩定的環境。目前很難同時符合這兩個條件。上次備份，是在三十五個小時前。」

「呃，所以說，是這個意思嗎？」

洛塔斯先生興味盎然地說。

「沒備份到的三十五小時間的記憶會不見？跟喪失記憶一樣？」

講白了點，是這樣沒錯。不過，沒那麼簡單……

我繼續重新啟動二十二號。解除黑盒的保護模式，重新安裝自我資料。這是我第幾次看到他醒來時痛苦的模樣？

「二十二號！沒事吧!?」

「我……」

二十一號輕輕握住二十二號的手。這是我第幾次看到他醒來後的悲傷表情？

「不是失去記憶。自我資料回溯，這三十五小時間的三號和二十二號，等於從世界上消失了。」

三十五小時。從上一次備份到死亡，絕對稱不上短的時間。在這段期間經歷過的事、思考過的事，都不會留下。

所以，三號先生明明對我說過好幾次「不用加『先生』。叫我三號就好」，他自己卻不記得。二十二號也是，看見在樹叢間飛行的鳥，會再問一次「那種鳥叫什麼名字啊？」之後肯定會繼續重複……因為，只有我記得。

「安裝完自我資料備份檔的我們，跟死前的自己是不同人。」

四號喃喃說道「我們不是第一次死了」。落在微微低下的臉上的陰影，看起來更濃了。

死前的恐懼，死亡瞬間的痛苦，都不會留在大家心中。可是，正因為不會留下，才會有除此之外的情緒逐漸累積起來吧。我看得出來，每當被派到新的戰場，隊伍全滅的時候，大家的表情都會變得愈來愈陰暗、愈來愈凝重。

連自己失去了什麼都不知道，不過，確實失去了什麼。這種感覺，不是等同於內心抱著深不見底、一片漆黑的洞穴嗎？

「這兩個月，我們死了好幾次又復活。」

六號說的「我們」，不包含我在內。為了讓大家活過來，我不得不活下去。絕對不能死。那就是只屬於我的任務……

【紀錄：二號／山岳地帶・洞窟周邊】

我們走出半毀的洞窟，外面是全毀的山。原本是山的地方被炸掉一大塊。那裡似乎是「轟炸的中心」。再偏移個幾公尺，我們所在的洞窟八成會被轟得不留一絲痕跡。

不過多虧他們發動這麼大規模的攻擊，目前四周沒有敵人的反應……雖然那些傢伙應該馬上就會回來。

「為什麼我們去的戰場都這麼危險啊。」

多虧一連串的巧合，才能繼續活著。不過，那是因為我們真的很幸運。

「按照慣例被敵人包圍，想修理也沒零件，還有礙手礙腳的抵抗軍……」

我不喜歡說喪氣話，不過這麼多惡劣的條件綜合在一起，自然會想抱怨幾句。

「還有個來路不明的新人。」

「來路不明的新人是指二號？」

四號望向我。一副有話想說的表情。

「二號本來就預計分配到我們的部隊。怎麼會來路不明。」
「呃啊——！我不是那個意思！」
我可能找錯人抱怨了。要讓這個該死的石頭腦袋聽懂，超級麻煩的。
「該怎麼說呢，不是有所謂的戰友？吃過同一鍋飯的夥伴嗎？雖然我們沒吃過同一鍋飯。」
仔細一算，M部隊結成後過了兩個月。共同作戰了那麼久，自然會知道彼此的脾氣。本以為二十二號只是個小矮子，沒想到射擊技術挺高超的，二十一號則是情報準確度很高。九號幫了我不少次。不過六號這傢伙太跩了，我看他不順眼！
這時出現一個二號。在不是地堡也不是大本營的地方，從奇怪的箱子裡蹦出來。
「感覺像我們一夥人之中，突然混進一個徹頭徹尾的異類。你懂吧？」
「不懂。」
我大嘆一口氣。不意外。四號這傢伙超級不會看氣氛。
搞不好在M部隊裡面，我最不能理解的就是四號。說要把攻擊型讓給我當？明明你更適合？結果你還說這樣才叫適材適所？莫名其妙。
在我打算停止抱怨，也停止思考多餘的事時，聽見「喂」的呼喚聲。是抵抗軍的……隊長是吧，記得叫卡克特斯。是那傢伙的聲音。他和另一個人，呃……弗羅克斯。對對對。那兩個人追上了我們。

「怎麼了？有事嗎？」

四號停下腳步。這傢伙還是老樣子，口氣差到不行。

「沒有啦，只是覺得單方面受你們幫助不太好意思，我們也想幫忙偵察。」說要幫忙偵察，但那群機械躲在哪裡，可是很難揪出來的。講白了點，這兩個人只會扯後腿。我直截了當地回絕。

「靠我們這些新型就夠。你們乖乖回去睡覺吧。」

「三號，你講話太直了。」

只有你沒資格說我！……我還沒反駁，弗羅克斯便開口說道：

「沒關係。你們確實比我們強得多。換成我們的話，這一帶的機械得花上一整天處理。」

什麼嘛，這群人挺老實的。我喜歡！

「我們寄葉是專門跟機械生物戰鬥的機種。身為攻擊型的我，可以說是裡面最強的。多依賴我一些吧。」

而且，我們有義務與當地的人造人合作，共同作戰。看我把你們保護得好好的！

「抱歉。這傢伙是很厲害沒錯，但腦袋不好。」

「閉嘴啦！」

我回罵四號，卡克特斯從旁插嘴。

「可是，我們抵抗軍這幾年也不是白混的。力量雖然不如人，卻比你們有經驗。勸你們最好別小看長輩。」

「經驗？」

「例如長年累積的那個，還有熟練的這個……總之有很多啦！」

那個？這個？什麼啊？不懂。

「我們的隊長明明是個膽小鬼，卻死不服輸。」

「什麼叫膽小鬼！弗羅克斯！你對隊長是不是缺乏敬意？」

弗羅克斯露出苦笑。我隱約感覺得出來。不如說，是非常明顯。超級明顯。簡單地說，卡克特斯單純是個又蠢又讓人無法討厭的傢伙。

「哎，不要太勉強自己。懂了沒？」

不知為何，我對他產生莫名的親切感，把手放到卡克特斯肩上。這時，四號忽然拿起手槍。噢，敵人嗎？

「三號，敵人來了。似乎在搜尋我們。」

用不著他說，護目鏡顯示出代表敵性反應的光點。

「知道啦！」

我跳向敵性反應所在的位置……有了！挺大的。是飛行型。

我連擺出預備動作的時間都不給他，拿劍砍下去。

「右邊也有！」

不只這些啊？朋友來幫忙了？

「好好好……」

我在把劍揮到底的同時順便將他踹飛。跟好朋友一起去睡覺吧！

「哎，簡單啦……」

我收起劍，轉身走向抵抗軍時，感覺到有東西衝出來的氣息。

「還有沒有出來的喔！」

類似蛇或蜈蚣的細長型敵人朝我逼近。好快。我拔出劍。可能會來不及，不對，肯定來不及……！

在我心想的瞬間，那傢伙碎成了粉末。在我鼻子前面。

「我早就說過你會在最後關頭大意。」

是四號幹掉他的。

「是。」

啊——可惡，不好玩！剛才是我失誤了。

我不想看到四號一臉踐樣，回頭望向抵抗軍。

「我我我我我、我的腰……」

卡克特斯揉著腰坐到地上。被敵人嚇到腰挺不直喔？

「又來啦？」

弗羅克斯無奈地說，跑到卡克特斯身邊。

「腰閃到一次就會留下後遺症，所以我才講過那麼多次，要你小心一點！」

弗羅克斯用肩膀撐著卡克特斯站起來。他還是站不直。這位大叔都這個狀態了，還想跟過來啊？

「隊長，今天先回去比較好吧？」

「可是……」

「偵察由我去就行。」

四號補上一句「這點小傷，待在軍營的九號處理得了。去找他治療吧」，卡克特斯似乎終於聽進去了。

「隊長，你一個人回得去吧？」

「嗯、嗯。」

卡克特斯用我死都不想模仿的走法，搖搖晃晃，不如說抖來抖去地回去了。弗羅克斯緊盯著他的背影。大概是在擔心他能不能平安回去。

跟我覺得抵抗軍礙手礙腳一樣，對這傢伙而言，絆腳石是那個大叔。

「弗羅克斯大哥，你也很辛苦啊。」

弗羅克斯露出詭異的表情。鞋子裡面一直有沙子，甚至跑進襪子裡面……的感覺？

「別看隊長那樣，他以前很勇敢的。」

猜錯了。錯得徹底。好吧，我的預料或推測從來沒猜中過。

「是身經百戰的勇者。」

於是，弗羅克斯開始述說「卡克特斯隊長的過去」……

卡克特斯在這一帶的抵抗軍中，好像特別有人望，雖然看過他挺不直腰的模樣，實在很難相信。

不僅如此，他每次殺進有幾百臺機械生物的地方，都能活著回來，是一種傳說中的人物。跟每次都全滅的我們截然不同。

他手下當然聚集了大量的士兵。很正常。因為誰都不想死。跟著絕對會生還的隊長，就能放心戰鬥。

卡克特斯率領的隊伍變成一大群人，在戰場上拿出的成果愈來愈輝煌。其他人對他們抱持的期待也迅速提升。

某一天，卡克特斯帶著數名少年兵執行偵察任務。沒什麼危險性的簡單工作。

正適合讓新人累積經驗……照理說。

偵察途中，卡克特斯他們成功跟蹤機械生物。是臺破爛的舊型機械，也沒有發現自己被跟蹤的跡象。然後，一行人成功潛入到比計畫中更深層的位置，發現他們的據點及伺服器。

只要摧毀伺服器，透過網路連接在一起的敵人就會同時停止。無論是數百年前還是現在，這個做法都是最佳方案。卡克特斯他們很高興。然而，那是陷阱。

破爛的舊型機械、據點及伺服器，都是用來吸引「強大的人造人部隊」的誘餌。他們徹底中計了。

深入敵陣後，一大群機械生物從背後出現，堵住退路。這也是所謂的最佳方案。

由於這次的任務只是偵察，他們沒帶多少人。以寡敵眾。不過，卡克特斯不愧是身經百戰的勇者，沒那麼容易死。他英勇奮戰，終於突破重圍。我方的部隊也趕來支援了。機械們遭到殲滅，卡克特斯再度獲得勝利。

不過，他的勝利背後，是死光的少年兵……

「是我們太天真了，覺得那是正適合給新人做的輕鬆工作。」

弗羅克斯聳聳肩膀。這個表情，我好像在哪看過……

「最難過的是隊長。因為只有他一個人活下來。除了自己以外的人都死了。」
全滅。我們一而再再而三……經歷過好幾次的事。
「所以，隊長不是壞人啦。」
自己以外的人都全滅了。我知道那有多麼令人崩潰。留在後方擔任九號的護衛時，我想過「光待在後面看也挺難受的」，深深體會到了那個滋味。
「只不過，他現在還是會有點迷惘當時該怎麼做才好……」
如果當時。這一點也跟我一樣。我雖然討厭東想西想，這個念頭卻在腦中揮之不去。如果當時那麼做。如果當時這麼做。
可是，我明白再怎麼思考、再怎麼迷惘都沒用。卡克特斯和弗羅克斯，恐怕也明白。

【紀錄：九號／山岳地帶・洞窟遺跡】

二十一號的傷勢，比表面看來還嚴重。
「果然不行嗎？」
「嗯。因為再怎麼幫驅動系統的程式打補丁，骨架都要承受一定程度的重量。」
二十二號擔心地探頭觀察。他雖然在修復方面是門外漢，應該一眼就看出了二十一號的損傷程度。表情立刻蒙上陰霾。

「二十一號，不要太勉強喔。」

可是，二十二號理應比誰都還要清楚，二十一號不會乖乖聽話。應該是明知如此，還是忍不住說出口吧。

思考到一半，我聽見喀嚓喀嚓的吵鬧聲音接近。是洛塔斯先生。這個人我只看過他在玩破銅爛鐵，或是盯著螢幕看，現在似乎是前者。還一邊走路。真危險。

「咦？隊長他們呢？」

「去巡視周遭。」

二十一號告訴他，洛塔斯先生卻沒去找他的隊長。他坐到地上，開始認真地和破銅爛鐵奮鬥。想必他一開始就沒打算去找人。

「是說，你們還真好事。」

把金屬板堆成一座塔的人說我們「好事」……好像怪怪的？

「直接把我們這種人造人逃兵丟著不管，趕快回去不就得了。」

這些人原來是逃兵啊……也是。三個人無法組成部隊。話雖如此，本隊也不可能在附近。

「寄葉部隊有義務與當地的人造人合作，共同作戰。」

一本正經的二十一號回答，但那是照搬出擊前教官對我們說過的話。二十一號表示「以這個人數及裝備，不可能成功救出目標」時，教官的回應。

「明天，我們會帶你們逃出這裡。」

「哦。那還真辛苦……」

洛塔斯先生，你一副置身事外的態度，是不是太過分了點？

二十一號微微挑起眉毛，大概跟我有同樣的想法。

「不過老實說，逃避面對敵人的膽小抵抗軍，讓我看了很不爽。」

生氣了，生氣了。他非常生氣。二十二號小聲斥責他「你說得太過火了啦」，效果大概是零。

洛塔斯先生卻漫不經心地回答「我想也是」。一面把金屬板弄得喀喀響。

「你聽過懶螞蟻效應嗎？」

而且他還突然問了個奇怪的問題。搞不懂這人。

「那是什麼？」

「大家都在認真工作的話，系統崩壞時會無法應對。所以無論是什麼樣的組織，都會有兩成的人不工作，做為緩衝……的效應。」

「聽起來很正當的藉口。」

二十一號嘴巴真毒。

「或許吧。」

可是，洛塔斯先生似乎完全沒受到影響。講話毫不留情的二十一號，以及隨口敷衍過去的洛塔斯先生，真是彼此彼此。

「你要去哪裡？」

洛塔斯先生跟剛才走過來的時候一樣，突然站起來，二十一號叫住他。用超像在逼問人的語氣。

「為了讓大家今晚能安心入睡，我去設置敵人感測器。這個感測器雖然是拿敵方機械生物零件做成的，最近的機械生物有顯著的進化，要不要我解釋一下這次做的感測器有多厲害？」

簡單地說，洛塔斯先生是個我行我素的人……

「不需要。」

二十一號也不比他差就是了。

「我想也是。」

兩個人半斤八兩。在我心想「你們高興就好」的時候，洛塔斯先生轉身面向我。

「九號，二號叫你過去。」

咦!?這個人已經記住我們的代號啦？他看起來對我們毫無興趣，所以我以為他八成怎麼講都記不住。真意外。

「他說邏輯病毒檢查完了。」

「我馬上過去！」

真希望他早點講。二十一號雖然不好修理，二號先生那邊在另一種意義上也挺麻煩的。

二號先生休息的地方，離這裡有段距離。在確定他沒感染病毒前，都要以防萬一。二號先生「叫我過去」，代表沒問題吧。大概。

不只掃毒，還有一堆必須處理的事。得加快腳步。

……我如此心想，跑沒幾步就緊急煞車。我想提醒二十一號千萬不要硬撐。儘管不曉得有多少效果，如果我什麼都沒說，二十一號絕對會勉強自己。

「不行啦！九號不是也說了嗎！」

我在回去的途中，聽見二十二號的聲音。二十二號難得用這種嚴厲的語氣說話。那是不是不用我提醒了？

「好啦。」

接著傳來二十一號像在鬧彆扭的聲音。原來如此。他們兩人獨處的時候果然不一樣。這種感覺叫什麼……對了，叫溫馨。

我忍住笑意，再度轉身。交給二十二號就行了。

「欸。之前我跟你說過的那件事，你考慮得如何？」

什麼事啊？二十一號語氣突然變得很嚴肅，我有點在意，但我總不能跑回去問「什麼東西？」這樣他們一下就會發現我在偷聽。

現在二號先生比較重要。要快一點才行。

這次，我全速飛奔而出。

【紀錄：二號／山岳地帶・洞窟附近】

不是在維護用的隔間，也不是在開發部的實驗區域檢查全身狀態，感覺好奇妙。而且幫我檢查的還不是整備部的職員，而是同為寄葉型的人造人。

戴著眼罩，我仍然感覺得到九號認真的視線。雖然在地堡看過的資料上沒有記載，九號似乎是個非常認真的人。

「怎麼樣？九號。」

「沒問題。掃毒也沒掃到什麼。」

太好了。這樣最大的隱憂就消失了。九號也揚起嘴角。他看起來很高興。不只認真，應該也是個溫柔的人。

「那個，你可以……不要對我用敬語嗎？」

敬語是對對方表示敬意的語言。不過，九號沒道理對我表示敬意。

「咦？但二號先生隸屬於M001梯次，是前輩吧？」
「我是最晚來這裡的。不必對我用敬語。」
「可是……」
九號講話吞吞吐吐的。比起客氣，更接近不知所措。若要為九號的個性再加上一個特點，是謙虛。
「那你就當成前輩命令。別用敬語了。」
「是……不對，嗯！」
「對對對，就是這樣。」
九號露出燦爛的笑容。「兩眼發光」就是在形容這種表情吧。呃，雖然他的眼睛被護目鏡遮住，我看不見。這只是個譬喻。
帶著靦腆笑容的嘴角，忽然轉為「啊」的嘴型。他似乎想到了什麼。九號窸窸窣窣地拿了個東西出來。是治療用膠帶。
「手腕會痛對不對？」
「啊？嗯。」
醒過來時，我右手手腕受損了。大概是因為我在休眠狀態下迫降，防衝擊措施做得不夠完善。不過，傷勢不怎麼嚴重。用不著更換零件，也沒必要打補丁。照理說不需要特地治療。

「之前我在伺服器的檔案裡看過，用膠帶纏起來好像就行了。像這樣。」

他忽然牽起我的手，令我感到困惑。不久前他才幫我檢查過全身狀態，所以事到如今也沒什麼好困惑的。可是，九號手掌的溫度，讓我非常坐立不安。

「這是叫做貼紮的技術，聽說纏法也有很多種。能固定人工肌肉，加快修復速度。」

九號俐落地纏好膠帶。我不想被他看出自己的驚慌失措，擠出一句「可是」。

「這樣不會影響戰鬥嗎？」

「為了避免這種情況，還是早點把傷治好比較好。」

擔心夥伴、對夥伴溫柔以待。九號至今以來是如何與夥伴相處的，我全都明白了。

「……謝謝。」

被人擔心、被人溫柔以待，對我來說都是第一次。感覺非常溫暖……非常不舒服。

「二號是D型對吧？」

幫我纏完膠帶後，九號依然沒有離去。不僅如此，還一副聊不夠的態度。

「我不太清楚，D型具有什麼樣的特性？」

「D型是Defender。防禦型的機種，負責抵禦物理攻擊和邏輯病毒攻擊的測試機種。」

「測試機種？」

「對。我的身體強度設計得比較高，所以對物理攻擊的防禦能力高，也有裝備針對邏輯病毒的防護罩。」

「好厲害！」

「所以我會在最前線承受敵人的攻擊。成為盾牌為你們而死，也是我的職責之一。」

我只是回答既定的說法，九號的表情卻僵住了。他對「死」一詞反應特別大，或許是因為他是治療型。糟糕。竟然讓人家露出這種表情，我說錯話了。

「那我會很傷腦筋耶。」

九號語氣輕快地說。輕快到有點不自然。看來害他為我操心了。

「因為我是治療型。負責幫大家治療的。希望你不要增加我的工作。」

我也笑了。我想回應九號的貼心之舉。試著做出不符合自己個性的行為，笑出聲來。不過，並沒有持續太久。九號的語氣突然帶有一絲憂鬱。

「……之前，其他人死過好幾次。」

噢。剛才好像也有提到這件事。抵抗軍他們很驚訝的樣子，但我一點都不驚訝。因為ＳＳ跟我說過，Ｍ部隊全滅了好幾次。

「每次我都會重新幫大家安裝自我資料……可是死前感覺到的疼痛……懊悔，彷彿會透過他們的身體傳達給我。」

儘管知道大家全滅過這個事實，反覆死亡的隊員們的心情，以及一個人不斷看著夥伴喪命的九號的心情，我無從得知。

「所以，盡量不要死喔，二號。」

我瞬間語塞。不知道該如何回應「不要死喔」這句話。

「……知道了。」

我只能擠出這句話。這樣能滿足他嗎？然而，九號突然站起來，我看不見他的臉。

「我去裝水。」

「不用了，儲水槽裡還有很多……」

「不行啦。萬一在戰場上水分不足，會無法行動，最好盡量多帶一些，當成儲備能源。在這邊等我。」

我看著九號逐漸遠去的背影，發現自己鬆了一口氣。而且，我們最好不要繼續交談。被人偷聽的感覺並不好，我又沒遲鈍到察覺不到那股氣息。

「二號。」

是那股氣息的主人——布萊克教官的聲音。他似乎是在等九號離開。腳步聲逐漸接近。但我並沒有回頭。

「上次見面，是在衛星軌道基地的機庫呢。」

那稱得上「見面」嗎？比較接近你過來確認我的狀態吧。

「什麼時候要動手？」

「您無權得知。」

想試探我嗎？不是單方面地提問，而是採用對話的形式，是因為這裡是地上？還是他別有用意？

「二號D型……你打算用這個假名到什麼時候？」

「這您也無權得知。」

好歹是上司的問題，所以不能無視。我盡可能簡短回答。使用安全的詞彙。因為不曉得會不會有人在偷聽。

「二號……E型。」

我明明想謹慎地交談，教官講話卻毫不遮掩，令我感到不悅。居然突然叫我的正式名稱，他在想什麼啊？真是粗心的人。

「用來處刑寄葉部隊的特殊機體。將黑盒連同機體一起破壞，以免做為最重要機密的寄葉機體情報落到敵人手中。」

所以說，這種地位不高不低的傢伙最難處理了。他明白自己說出的這些詞彙，有多麼危險嗎？不惜冒這麼大的危險，他想從我口中套出什麼？

「……不過，連這都是騙人的。」

不用說也知道。E型機種被謊言覆蓋著。謊言、虛假、隱瞞。由這一切構成的機體。那就是我。

「其實是用來在寄葉機體叛變時，鎮壓他們的機種。身在月球的人類的殺手鐧。」

「我無權回答。只不過，在寄葉實驗M部隊中，只有您知道自己的任務……將情報洩漏給其他隊員，足以遭到處分。」

我之所以用這種威脅般的語氣跟他說話，是為了叮嚀他。雖然不知道他真正的用意為何，隨便講出E型的名字，會對我造成困擾。

「你才要擔心吧。對同伴產生不必要的感情，小心到時下不了手。」

這句話真討厭。雖然以回擊來說，屬於等級最低的那種。

「……不勞您費心。我受過訓練。」

「是嗎。」

布萊克簡短回答，轉身離去。這時我才終於意識到，剛才的問題八成是如假包換的真心話。「什麼時候要動手」這個問題。

不過，知道了又如何？講了他就會幫忙？愚蠢至極。

殺掉同伴。那是我的──我一個人的工作。我擁有一切為此所需的東西。不會讓任何人妨礙。

手掌的膠帶突然映入眼簾。

『所以，盡量不要死喔，二號。』

偏偏是由你講出這句話……

如果你知道我是什麼人，你會怎麼做？會恨我嗎？會想殺掉我嗎？還是說，你會把我……不，別想了。

別去思考多餘的事。只要想著任務就好……想著殺掉同伴就好。

第五章

第五章

少年寄葉 Ver..1.05

【紀錄：二號／山岳地帶・營地】

「然後啊，我跟他說『你給我去挖壕溝』。洛塔斯那傢伙就……」

卡克特斯用雙手的拇指跟食指做成圓圈，放到眼睛旁邊。是眼鏡的意思嗎？疑似是在模仿洛塔斯，還細心地裝出假音說「挖好了！」。好吧，有一點像。

「然後我過去一看，進去後發現深度只到膝蓋。這是單純的陷阱吧！還灌了水泥，我一腳踩進去，水泥就這樣乾掉了，拔不出來！接著一群機械從兩側蜂擁而上，大危機！」

卡克特斯說話時還搭配誇張的手勢。我不認為這有多好笑，但隊員們好像都覺得挺有趣的。每個人都放鬆地笑著。

我當然也裝出覺得好笑的樣子。我不會故意跟其他人不一樣。即使發自內心不覺得有趣，還是笑得出來。

而且不只有我。四號正好也露出那種感覺的微妙笑容。起初，四號一臉認真地聽卡克特斯說話。不過聽到一半，他似乎就發現「這不是該認真聽的事」。

三號則跟他相反，如實體現了「捧腹大笑」一詞。乍看之下，三號跟卡克特斯挺合得來的。不只卡克特斯，三號對弗羅克斯也十分友善。弗羅克斯好像已經聽過好幾次這個事蹟，臉上帶著「又在講這個啊」的苦笑。

六號則露出略帶嘲諷意味的笑容。他總是一副目中無人的態度，在各種測試中得出的成績都高得嚇人。實際見到本人的感覺，跟我事前看過的資料有相當大的差距。是不容大意的對象。

旁邊是並肩坐在一起的九號及二十二號。雖然沒三號那麼誇張，他們都笑得很開心。一眼就看得出他們是直率的人。

只不過，報告書上提到二十二號個性有點軟弱。他直率的部分，或許是缺乏自信的另一種表現。「無法相信自己，所以相信身邊的人」的感覺……還是說，是因為他習慣跟著雙胞胎二十一號？

相較之下，九號是真正意義上的直率。這個印象隨著跟他接觸的機會增加而轉變為確信。除此之外，他親切到令人傻眼的地步。

剛才也是，我想用受傷的那隻手搬資材，九號一看到就衝過來說「不可以搬重物！我幫你拿」，將資材從我手中拿走……明明沒重到哪去。

不只對我，九號也經常觀察其他隊員。有沒有出狀況、有沒有勉強自己。九號應該是想用自己的方式，為部隊做出貢獻。因為他疑似對沒有戰鬥能力的自己感到自卑……何必這樣。

因為不能戰鬥的九號，是寄葉實驗M部隊的救生索。要是他死了，隊員們將失去復活的手段。

回歸正題，在場的有三號、四號、六號、九號、二十二號、抵抗軍的卡克特斯與弗羅克斯這六人。布萊克、二十二號跟洛塔斯不在。他們三個好像在開作戰會議。負責偵察的二十一號和雖然是個怪人，卻很熟悉這一帶的洛塔斯。布萊克挑的人選很適當。

不過布萊克和二十一號共同行動，對我個人來說值得擔憂。掃描型二十一號恐怕比布萊克想像中更加敏銳。連不小心脫口而出的一句話、表情細微的變化，對二十一號來說都能成為有用的判斷材料。不曉得布萊克有沒有意識到。畢竟他是個會講出我正式名稱的天真的傢伙……

「卡克特斯危險了！出現在他面前的是一群野豬！啊——野豬身上的條紋真好看，對岸有條小河和花圃耶。」

哄堂大笑。這時，在我腦中打上×號的人出現了。旁邊是二十一號，洛塔斯則跟在後面。

「大家聽我說。」

以布萊克的聲音為信號，笑聲戛然而止。卡克特斯也停止滑稽的動作，神情恢復嚴肅。順序反了。是卡克特斯神情恢復嚴肅，笑聲才戛然而止。

「我們擬定了逃出路線。但並不容易。希望大家注意聽。」

布萊克手指的地方，浮現疑似周邊圖的地圖。在中央閃爍的光點，就是現在位置吧。

「如你們所見，我們位於敵陣的正中央。跟碰巧從縫隙間鑽進來沒兩樣。目前沒被敵人發現，但也只是時間上的問題。」

這時，四號舉起手。

「有辦法從上空救援嗎？」

很可惜，辦不到。在突入大氣層的同時遭到攻擊的我，親身體會過。當時逃生艙在我眼中跟棺材沒兩樣……

「這塊地區的制空權在敵人手中。沒地方給載著回收裝置的輸送機降落。」

布萊克的回答跟我的預料一字不差。然而，四號問這個問題時似乎也已經猜到了回答。他的表情並沒有多遺憾。

「從衛星用遠距離雷射燒掉他們呢？」

接著舉手發言的，是二十二號。但布萊克再度搖頭。

「要燒掉面積這麼廣的敵人有困難。而且，司令部不會允許我們使用衛星雷射砲。」

「為什麼？」

三號不滿地問。

「衛星雷射砲是強大的兵器，胡亂使用的話，機械生物會分析其特性，產生耐性。」
「不能為我們祭出王牌的意思。」
三號這句唾罵，隱約透出一絲心死的意思。想必是因為，司令部什麼忙都不願意幫，不是一天兩天的事了。
「不是只有壞消息。」
布萊克像要安撫他似的說，回頭望向洛塔斯。
「跟大家說一下剛才的情報。」
洛塔斯站上前。他因為走得太前面，頭都蓋到顯示在空中的地圖，本人卻毫不介意。
「這個嘛，這一帶以前是抵抗軍支配的區域。不過四年前被機械生物襲擊，導致全滅。在那之後就成了無人地帶。嗯──現在要跟大家介紹機械生物的有趣特徵。這是非常有趣非常耐人尋味的部分，希望大家仔細聽，機械生物好像會把我們抵抗軍、人造人，跟除此之外的兵器視為不同的存在。」
……好長。這麼想的似乎不只有我。四號「所以說？」要求他講重點。
「所以說，如果我們拿著槍……」
洛塔斯拿走卡克特斯的槍。
「喂！那是我的槍！」

他無視卡克特斯的抗議，拿走槍後放到地上往後退。

「像這樣放下武器，機械們不會對兵器感興趣，只會攻擊我們。」

三號吐槽「在沒有武器的狀況下被攻擊，太危險了吧！」十分正常的意見。洛塔斯卻得意地展開雙臂。

「重點不是我們，是兵器！」

目瞪口呆的不只三號。老實說，我也完全搞不懂洛塔斯在說什麼。一起開過作戰會議的布萊克和二十一號也就算了，在場所有人都一臉困惑。

弗羅克斯露出「又來啦」的表情，拍了下洛塔斯的肩膀。

「你總是這樣，說明得太隨便了。麻煩你解釋得清楚一點。好嗎？」

「是喔？」

他納悶地歪過頭，由這個反應判斷，洛塔斯應該覺得自己講得夠清楚了。

「呃——這裡曾經是抵抗軍支配的地區，所以有用來運送附近的物資的機場。」

為何提到機場？我愈來愈疑惑了。二十一號大概是看不下去，接著代替洛塔斯說明。

「這是機場附近的空拍圖……」

顯示敵人分布情況的地圖切換，映出山岳地帶些許的平地。雖然到處都有轟炸的痕跡，那裡確實是一條跑道。

「有幾架明顯沒有損傷的輸送機。」

機械生物會區分人造人及兵器。我終於理解這句話的意思。人造人搭乘的輸送機，會受到毫不留情的攻擊。但放在跑道和機庫的輸送機，他們看都不會看一眼。因為沒有人造人搭乘。

搶走他們完全不理會的輸送機，逃出這裡。似乎是這樣的計畫。

「不過，制空權不是在敵人手中？」

聽見九號的問題，二十一號開啟一張新的空拍圖。好幾個紅點圍在跑道四周。是包圍機場的敵人。恐怕是飛行型。

不遠處有顆特別亮的光點。二十一號指著它說：

「這裡是敵人的管制塔。」

「管制塔？」

「飛行型的機械生物，是透過管制塔控制飛行路線的。也就是說，只要將其破壞……」

代表管制塔的光點消失的同時，包圍機場的紅點也同時消失。

「就能癱瘓失去控制的飛行型。」

這個計畫有許多問題，例如管制塔有這麼好破壞嗎、沒人維護而放置那麼久的輸送機動得了嗎？可是，以目前的狀況來說，確實想不到其他逃出路線。無人提出異議。

「這個計畫是洛塔斯和二十一號想出來的。但我沒有指揮你們抵抗軍的權力。你們要怎麼做？」

被布萊克點名回答的卡克特斯，臉上浮現動搖之色，慌張到旁人都心生同情的地步。

「怎、怎麼辦!?」

卡克特斯望向弗羅克斯求助。這樣的對話不是第一次了。身為隊長的卡克特斯愛依賴部下弗羅克斯，地位最低的洛塔斯則會擅自行動。為什麼他們能容許這樣的情況？

「這是隊長要決定的啦。」

「這樣啊。說得也是。」

光憑弗羅克斯的一、兩句話，卡克特斯就會恢復鎮定，這我也覺得很不可思議。抵抗軍三人組的指揮系統跟關係，我都無法理解。

「我們當然也要一起去！不對，請讓我們一起去！」

三人同時低下頭，布萊克回答「瞭解」，開始說明作戰計畫。

「作戰分成三隊執行。首先是遠距離狙擊管制塔的A隊。四號、二十二號。你們和熟悉地形的三名抵抗軍共同行動。」

分成三隊行動嗎？我將作戰計畫及成員牢記在腦海。需要掌握所有人的動線。

「接著是搶奪輸送機的B隊。這裡敵人密度高，所以由掃描型二十一號帶領三號跟六號攻入敵陣。」

布萊克問「辦得到嗎」，三號顯得莫名高興。

「他是會為這種事熱血沸騰的個性。」

六號無奈地聳肩，臉上寫著「我跟他不一樣」。

「最後是負責支援的C隊。將備份有寄葉部隊全員資料的九號送到輸送機。護衛成員是我和……防禦型二號。」

布萊克一副有話想說的樣子，往我這邊看，但我直接無視。就是因為這樣，情報不完全的傢伙才讓人頭痛。在這種時候做意味深長的行為，會招致無謂的誤會。不只二十一號，連六號可能都會瞬間提高警戒等級。

布萊克本人卻在那邊說「最後，請卡克特斯隊長講幾句激勵的話」。自以為是的傢伙。

「你剛才逗大家笑，是為了幫他們放鬆對吧？你是個優秀的隊長。」

真令人意外。比起卡克特斯是想讓大家放鬆才逗他們笑，指出這一點的人是布萊克更令我意外。從那極度粗心的言行來看，本以為他是不太會注意其他人的類型，看來並非如此。

意思是，這個指揮官不是浪得虛名。卡克特斯和布萊克都是。

不，這不重要。卡克特斯和布萊克是怎樣的隊長，與我的任務無關。是大可捨棄掉的無謂情報。

「絕對要活下來，大家一起回去！」

聽見大家回應卡克特斯的吶喊，我有種難以言喻的心情。

大家一起回去？回哪裡？M部隊確定要處分掉。抵抗軍三人組是逃兵。雙方都沒有「可以回去的地方」。

再說，將M部隊派到這裡，並不是為了拯救孤立無援的抵抗軍。表面上是救出「發送救難訊號的人」，真正的目的是讓我這個暗殺者跟M部隊會合。沒錯，你們幾個抵抗軍是「順便的」喔？

忍不住這麼想的自己，讓我覺得很討厭……

「二號！」

回過神時，抵抗軍和其他隊員都不見了。只有在胡思亂想，慢了其他人一步的我留在這裡，還有九號。

「要記得裝進供給機喔。」

「供給……機？」

「水啊。剛才提過的水。不能讓灰塵跑進去。」

剛才？喔，對喔。剛才九號特地去幫我裝水。因為在戰場上水分不足，會無法行動。

「那個——」

九號直盯著我的眼睛說。

「身為治療型的我，也受過劍術訓練。雖然只有基礎程度。」

我第一次知道，眼神是帶有力量的。性格溫順的九號，眼神卻比想像中還要強而有力。

「所以，呃……一起加油吧。」

微笑帶有光芒，我也是第一次知道。那燦爛的笑容，令我動彈不得，連搖頭都做不到。可是九號看起來並沒有因此不高興，飛奔而出。

沒錯，我也要出發了。因為我跟九號一樣是C隊。不能表現得不自然。

正當我準備追上九號。呼叫聲響起，彷彿故意選在這個時機。

「什麼事？」

「警告：離作戰執行預定時間已經過四小時。」

「狀況不適合。要求延後執行。」

現在得逃出敵人的包圍網，不可能在不被隊員發現的情況下執行計畫。我可沒聽說會遇到這種事……不對，真的是這樣嗎？正因為處在這個狀況下，才方便下手吧？

『對同伴產生不必要的感情，小心到時下不了手。』

布萊克說過的話突然浮現腦海。有種被施加暗示的感覺，真討厭。用暗示形容未免太無害了。這種不適感，簡直像詛咒。

「不同意延期。建議：盡速排除寄葉實驗M部隊。」

該死。每個人都這副德行。

「……瞭解。」

別被感情牽著鼻子走——我告訴自己。將可能妨礙任務執行的東西捨棄掉。第一個就是多餘的感情。

【紀錄：二十一號／機場・管制塔附近】

管制塔看起來離這裡好遠。實際距離約數百公尺。用跑的很快就能到。可是，好遠。因為那數百公尺間，有好幾臺機械生物。

換成二十一號，這種時候他應該會以零點幾公厘為單位，準確測量出我們跟管制塔之間的距離，搭配一堆數字說明「以你的實力，在○秒內就能打倒○臺敵人，最後能在○分○秒時抵達」。然後加上一句「所以放心戰鬥吧」。

「先排除管制塔附近的敵人。」

四號前輩語氣十分冷靜。很窩囊的是，我回答「瞭解」時的聲音在顫抖。二十一號不在身邊。光這麼一件事就令我心生畏懼。因為，我從來沒跟二十一號分頭行動過。

不行，不行！不能一直依賴二十一號！

剛出廠時的我們，都像小孩子一樣。存在記憶區塊裡的也只有預設的資料，未受過任何訓練。兩個人在一起很開心，記得我們總是面帶笑容。

在不斷訓練、學習、測驗的過程中，二十一號變得愈來愈聰明，愈來愈強。我光是追在他後面就竭盡全力，但我覺得這樣就很好。只要追著他跑，我自己也會成長。一直追著他跑，代表我們會一直在一起。

不過，是從什麼時候開始的？我變得想與二十一號並肩而行，而不只是跟在他後面。不想只是被他保護，我也想保護他……

不行不行。現在不是胡思亂想的時候。我專注在射擊上。敵人還沒發現我們。要攻擊就趁現在。為了確保能一擊解決掉他們，我瞄準敵人。

然而，第一發子彈就讓戰況徹底改變。敵人發現我們了。其實這很正常，但他們的應對速度比我想像中還快。

「敵人好像要過來了！」

用不著洛塔斯先生提醒，我也看得出來。敵人瞬間找出了我們的位置。如果有二十一號在，可以在更遠的地方狙擊，但光憑我們的力量，這個距離就是極限。速度太快了。數量也很多。敵人太過密集，無法瞄準。

「測、測量速度趕不上！」

「冷靜點！」

敵人接連倒下。是四號前輩打倒的。在這個距離下面對這麼多敵人，他是怎麼辦到的？

「把用來修正彈道的資料減少到一半，剩下靠直覺射擊！」

「瞭、瞭解！」

說得對，敵人如此密集，多少偏移一些應該也射得中。可以，我做得到。總而言之，當務之急是減少敵人的數量。得快點占領管制塔，停止飛行型的動作。要在二十一號搶走輸送機的同時，奪得制空權。

這時，我聽見弗羅克斯先生說「隊長，走吧」。

「咦？」

「我們到兩側當誘餌，擾亂敵人。這樣過來你們這邊的敵人會減少一些。」

太危險了——四號前輩話還沒講完，我就看見一群敵人逼近。

「四號前輩！要來了！」

用來修正彈道的資料減少到一半，剩下靠直覺。朝我們接近的那群敵人消失了。雖然我打倒的敵人數量似乎只有四號前輩的一半，好歹擊退他們了。但萬一數量變得比現在還多……怎麼辦？

「果然得分散敵人才行。」

弗羅克斯先生的語氣相當鎮定。彷彿只是在說「我去巡視一下」。

「我們雖然缺乏攻擊力，引人注目倒沒什麼難的。而且，我們還有祕密兵器。對不對？隊長。」

「沒錯！」

卡克特斯先生回答。祕密兵器是什麼啊？不過，我沒辦法確認。弗羅克斯先生和卡克特斯先生，已經衝向敵陣。

「沒問題嗎……？」

我詢問留在這裡的洛塔斯先生。

「沒問題啦。」

可是，這個人說的「沒問題」，感覺不怎麼可信。

「因為我剛剛在隊長和弗羅克斯先生的武器中，裝了對機械生物有效的病毒。」

對喔，他們拿來當藏身處的洞窟周圍，設置了他用病毒將敵人改造而成的自動砲臺。雖然我有時分不清這個人到底是隨便還認真，以工程師來說，他確實很優秀。

「被那種子彈擊中，機械生物會殭屍化，變成看到目標就殺的自動砲臺。」

洛塔斯先生的態度比起得意，更接近高興。也許安裝病毒、改造機械，對他來說不是任務的一環，而是興趣或遊戲之類的。

「等一下。」

四號前輩打斷洛塔斯先生說明。

「你說看到目標就殺，他不會區分敵方及我方嗎？」

「啊……」

遠方傳來卡克特斯先生疑似慘叫的聲音。還有弗羅克斯先生「洛塔斯——！」的怒吼聲。大概是被變成自動砲臺的機械生物攻擊了。洛塔斯先生果然靠不住……

「二十二號。」

「什麼事？」

「趁現在，把他們統統打倒。」

沒錯。四號前輩說得對。儘管跟洛塔斯先生的計畫有所出入，敵人正處於混亂狀態。

「是！」

而且，我能做的只有一件事。盡量多打倒一些敵人。殲滅這些傢伙，搶走輸送機。這次一定要活著回去。維持在「現在的我」和「現在的二十一號」的身分，逃出這裡……

用來修正彈道的資料減少到一半，剩下靠直覺。我複誦這句咒文，擊殺敵人。

【紀錄：二十一號／港口・跑道】

敵人的數量多到「偵察敵情」一詞顯得很沒意義。三號帶頭殺進滿是機械生物的跑道。只要不停揮劍，閉著眼睛大概都砍得中。

先清出通往輸送機的路線。擺脫聚集而來支援同伴的機械，占據輸送機，在我駭進系統搶走控制權的期間，由三號和六號負責掃蕩機體四周的敵人，引導A隊及C隊前來會合……計畫如上。

「唔喔喔喔喔喔喔！」

好幾臺敵人伴隨三號的咆哮聲飛到空中。居然能自由自在地揮舞那把大劍，他的臂力真了不起。

「喂喂喂！在這邊，這邊啦！」

不曉得是不是受到三號的挑釁，敵人蜂擁而來。三號一刀殲滅那些敵人。機械們倒在地上，有的頭部被砸爛，有的身體彎成「く」字形。

「哈！就這麼點本事啊！一點都不好玩！」

然而，數臺敵人從三號頭上降下。疑似是飛行型從上空扔下了新的敵人。如四號所說，「做完一件事就會鬆懈下來，是你的壞習慣」。

「可惡！」

不過，在三號遭到攻擊前就將那群敵人變成廢鐵的，這次並不是四號的子彈。

「每次揮劍都要發出聲音很粗俗，可以不要這樣嗎？」

一口氣將敵人砍倒的，是六號。他無視回罵「要你管」的三號，轉過頭。

「二十一號，下一批從哪裡來？」

「北邊有四臺！大型的！」

「……聽見沒？三號。」

三號一面大喊「知道啦」，衝向北邊。

「還有，你給我用敬語！」

聽見三號的口頭禪，六號笑出聲來。

「前提是……你要在這場戰鬥中活下來！」

他的表情彷彿在舔嘴脣。有如一隻看見獵物的野獸。六號應該很喜歡屠殺敵人吧。

不只六號。三號也是。他一副要跳起舞來的模樣，揮動長劍，左右跳動。用劍尖勾住敵人，往敵人身上砸，發出「粗俗的聲音」笑著。

如果是這兩個人，不會有問題。他們會回應我的期待。如果是這兩個人……

不到幾分鐘，四臺大型機械生物便化為不會動的廢鐵。

【紀錄：九號／機場・後方區域】

天空看起來隨時會下雨。灰色的雲與溫暖的風。我心想「真不希望打雷」。我在資料上看過，山岳地帶的雷雨比平地更可怕。

我們躲在半倒的樹木和被機槍射成蜂窩的岩石後面，慢慢移動。C隊的任務是安全抵達輸送機。為此必須盡量避開敵人。

可是，能迅速通知我們有敵人接近的二十一號，和能用精準的射擊排除敵人的二十二號都不在。要是在這種狀態下與敵人交戰，不曉得會怎麼樣。

當然，教官想必會支援我們，但我不認為二號有辦法不受傷。他一定會挺身保護我。我無論如何都不想看到二號受傷、死掉。

『這邊……班……號……』

是四號先生的聲音。無線訊息不停從教官的SS傳出。只不過，音質非常差。分不清是槍聲還是噪音的聲音，一逮到機會就試圖蓋過對方的說話聲。

『……管制……動力纜線……破壞……了。』

遠方響起爆炸聲。接著又傳來好幾聲。大概是飛行型機械生物失去控制，接連墜落。

「好！就這樣往跑道上的輸送機前進！」

我望向前方。跑道上只有殘骸，沒有會動的敵人。對面看得見輸送機。三號先生和六號幫忙清出了道路。

「教官，我們也快一點吧！趁敵人的援軍還沒來！」

好機會。周圍沒有敵人。在我準備跑向輸送機時。

「九號！」

突然有人大聲叫住我，害我全身僵住。敵人!?不，不對。那是？

「教官？」

我立刻環視周遭，視線範圍內卻沒有敵人。可是，教官把刀拔出來了。教官很少拔刀。

我望向後面的二號。好像也不是二號出了什麼狀況。

「那個……？」

「小心點。」

教官聲音低沉，面色凝重。

「是、是。」

教官現在散發出的，肯定就是所謂「不尋常的氣息」。我反而想從這樣子的教官身邊逃離。

『教官！這邊是B隊二十一號。』

二十一號的聲音，令我鬆了口氣。聲音清晰到跟四號先生的截然不同。或許是因為距離比較近。

『敵人正在逐漸聚集！輸送機啟動後馬上就會起飛。請盡快趕過來！』

「瞭解。」

仔細一看，教官的表情跟平常沒兩樣。嚴肅歸嚴肅，卻是冷靜沉著的表情。

「我們走。」

教官的視線輪流掃過我和二號。他的表情好像又繃緊了一瞬間，是錯覺嗎？不過，我無法確認。教官跟二號都向前跑去。儘管有股奇妙的異樣感跟困惑，我還是追在他們後面。

【紀錄：六號／機場・大型輸送機內】

輸送機中一片靜寂。洛塔斯說只要沒有人造人搭乘，機械生物就不會對它感興趣的時候，我還覺得不可信，看來是真的。

然而，敵人也沒那麼笨。艙門鎖得緊緊的，機內用好幾道牆壁隔開，想打開它非常累人。雖然累的不是我，是二十一號。

解除那群機械安裝的防護程式，升起牆壁，前往內部，如此反覆下去。等我們終於抵達控制室入口時，已經花了不少時間。

「這裡也有啊。」

二十一號用力嘖了一聲，操作起門旁的控制板。跟三號這個白痴一起站在這邊等，感覺並不好，但沒辦法。沒有敵人，所以輪不到攻擊型出馬。

「還沒好嗎？」

三號探頭窺探二十一號工作。明明看不懂，他腦袋是不是有問題？

「該死！」

門開到一半，便在途中停止。上了兩道鎖的意思。區區的機械竟然設置了這種機關，是在囂張什麼。

這時，二十一號將一隻手伸向門縫。另一隻手則放在控制板上。他似乎打算靠蠻力撬開門，不曉得是因為駭客駭到不耐煩了，還是因為被三號催促。

控制板炸出小小的火花。二十一號神情扭曲。

哦，二十一號也會露出這種表情啊？呻吟聲自咬緊的牙縫間傳出。煩躁、焦慮及痛苦。好讚的表情。令人興奮。

真想跟他單獨培養感情。二十二號雖然也很可愛，說不定二十一號比較好玩。因為他總是一臉鎮定，屬於目中無人的類型。可能會露出出人意料的一面。

「好！」

二十一號手邊爆出大火花。比剛才的大三倍。那是門完全打開的信號。二十一號衝進室內。三號也緊跟著他。老樣子，沒有敵人的氣息。我姑且確認了一下，才跟在三號後面。

進去一看，空間比想像中還大。前方的牆壁和地板中央設有螢幕，完全沒有凹凸不平的部分。看來這架大型輸送機是比想像中更新的機種。

噢，對喔。這塊地區是在四年前遭到機械生物襲擊。並沒有過太久。

二十一號貼在控制終端機前面。手指快速移動。他的手指好漂亮喔。

「怎麼樣!?」

啊啊夠了！三號，你好吵。礙事！我在欣賞二十一號的手指耶。

「再一下。只要發行金鑰，照理說就能操作這架輸送機……」

牆壁變亮。地上的螢幕映出跑道周圍的畫面。這樣就啟動了？之後只要等A隊和C隊前來會合就行？我本來還在這麼想，但事情沒那麼簡單。

二十一號用如同野獸的聲音大叫。意義不明的文字，以驚人的速度顯示於螢幕上。這該不會是……

「怎麼了！發生什麼事!?」

看就知道了吧。啊，不能怪他，因為三號是笨蛋。不得不回答的二十一號，擠出痛苦的聲音說：

「敵人的，邏輯病毒……是陷阱！」

看吧，果然。我就覺得太順利了。陷阱只有門和牆壁的鎖，未免太隨便了吧？而且，敵人的攻擊不只邏輯病毒。天花板的一角打開，機械們紛紛掉下來。什麼嘛，原來有敵人啊？在的話幹麼不早點出來。省得我剛才那麼無聊。

終於有我表現的機會了。嘿咻，一、二、三。我砍飛敵人的頭。好弱好弱。這樣有沒有他們都一樣無聊。是對付抵抗軍用的版本？數量雖然多，打起來比捏死蟲子還要簡單。不過。

「作戰失敗？笑死我了。」

完畢。搶不走輸送機的控制權，我們什麼事都沒辦法做。也被敵人發現了。舉手投降。又要全滅囉。也沒能救出抵抗軍三人組。真無趣。除了笑以外不知道該做何反應。

不過，二十一號很頑強。

「不。還沒……結束……！」

他的手指以比剛才快好幾倍的速度，於控制板上滑動。彷彿在尋找什麼。螢幕上的文字改變形狀，不停閃爍，開始倒回去。連只是在旁邊看的我頭都快暈了。

「找到了！」

找到什麼？我雖然疑惑，卻沒有問他。二十一號看起來沒那個心力回答，而且即使他跟我說明，我也聽不懂。我沒有這方面的技能。

螢幕的亮度變了。顯示在中央的簡短文字，發出純白的光。下一刻，所有的文字都變成「0」。哦，真有你的。

白光消失，二十一號坐倒在地。

「掌握……機體控制權了。起飛……」

二十一號喘著氣，用顫抖著的聲音說。三號回答「知道了」，衝向操縱臺。然而，不可能這麼簡單。三號的手一碰到操縱臺，便警鈴大作。

「這次又怎麼了！」

沒什麼怎麼了，二十一號被反過來駭入的瞬間，敵人就發現我們了不是嗎？然後我們偷了輸送機，之後不用想就知道了吧？啊，以三號的智商大概想不明白。

「敵人！」

雖然很麻煩，我還附上一句解說。

「剛才的警報把敵人統統引來這裡了！」

如果這樣你還聽不懂，小心我殺了你喔？

三號按照慣例用粗俗的聲音唾罵「該死！」。哎，不用我解說，腳下的螢幕也照出了跑道周圍的畫面。輸送機附近，有好幾個熟悉的紅色光點……

在這絕佳的時機衝進控制室的，是Ａ隊。

「報告狀況！」

四號尖銳的吼聲響徹室內。跟在他後面衝進來的，是二十二號。最後是抵抗軍三人組。是嗎。Ａ班成功達成任務了……

三號用刺耳的聲音激動地吶喊：

「輸送機搶過來了！可是敵人都在往這邊聚集！二十一號也被駭進去，受到損傷！」

「知道了！二十二號。」

四號回過頭。

「我們上！一臺都別讓他們靠近！」

兩人飛奔而出，跟他們擦身而過的Ｃ隊衝進控制室。麻煩的是，帶著一群機械生物。三號離開操縱臺，握住劍柄。

「教官！輸送機交給您操縱了！六號，迎擊！」

「少命令我！」

啊——真不爽。竟然被白痴三號命令，爛透了。我又不是搞不清楚狀況。還比你更瞭解。我拔刀衝到走道上。

砍倒接近控制室的敵人。沒有特地給予最後一擊。現在量重於質。先阻止敵人的動作再說。

我打開逃生門，將動作變遲緩的機器扔出去。把他們趕出輸送機就夠了。畢竟起飛後他們就追不過來。

引擎聲變大了。哇，要快點回去！

「要緊急起飛了！大家抓好！」

我踹下最後一臺敵人，關上逃生門。哎呀呀，差點來不及。才剛鬆一口氣，身體就被吸進去，差點撞到東西。我勉強抓住扶手，接著便感覺到一陣飄浮感。

【紀錄：二號／大型輸送機內．貨物室】

SS在響。好吵。好煩。我產生「乾脆把它打飛好了」的念頭。但我知道這麼做毫無意義，所以不會付諸實行。

我明白SS一直響的理由。它在催促我……排除寄葉實驗M部隊。儘管輸送機已經起飛兩個小時，我並沒有忘記。

有什麼辦法？不適合下手啊。從起飛前到現在。

最大的機會是在通往輸送機的跑道上。攻擊型和槍擊型都不在。想砍斷M部隊的救生索，這個情況再適合不過。可是，布萊克妨礙了我。好吧，如果我在那個時候開始處刑，布萊克自己說不定也回不去。他應該是在要求我等突破敵人的包圍網後再執行任務。然而，下一次機會遲遲沒有來臨。

才剛穿過跑道，搭上輸送機，等待我們的就是要與侵入機內的敵人戰鬥。我非常慌張。而且，戰鬥時要表現得像D型一樣意外麻煩。

場面平息下來後，輸送機終於起飛，過沒多久就進入水平飛行狀態。儘管如此，我們還是維持警戒了一段時間。這段期間並未遭到敵襲，等我終於放鬆下來時，已經過了兩小時。然後，我偷偷跑出控制室。接著SS便開始狂響，一副等很久的樣子。

的確，好機會再度來臨。現在是短暫的自由時間。隊員們肯定都在機內四處走動，或是待在貨物室休息，以放鬆緊張的精神。

他們單獨行動的話，一下就能解決。一個個殺起來毫無難度。他們大概會在連發生什麼事都搞不清楚的狀況下死去。也不愁沒地方藏屍體。機內有遮蔽物，也有空的貨櫃……

「二號，怎麼了嗎？」

九號突然從背後叫我，我急忙關閉SS的警報。

「不，沒什麼。」

「手腕會痛嗎？」

「嗯？喔，我都忘了。」

他大概是把關閉警報的動作，看成我在檢查受傷的手腕。

「好像完全沒事了。」

「太好了！」

九號發出打從心底感到喜悅的聲音。為什麼要高興？不可以高興。因為這雙手將奪去你的性命。沒錯，你親手磨利了要殺死自己的刀喔？

「比起這點小傷，去關心別人比較好吧？」

「其他人我都看過了。」

九號臉上浮現有點得意的微笑。

「損傷最嚴重的二十一號也恢復了，現在在跟教官說話。」

我企圖殺掉你好不容易治好的隊員。而且必須在殺掉他們之前先殺掉你。

「二號？你真的沒事嗎？」

我不希望他對我露出擔心的表情，思考著有什麼話能說。我想講點其他話題。

比起我這種人，講點更不一樣的話題。

「等這場戰爭結束，你想做什麼？」

……我在幹麼。好死不死問了這種問題。不出所料，九號驚訝地睜大眼睛，然後笑了。

「戰爭結束？持續好幾千年的這場戰爭？」

我也不認為戰爭會結束。可是，想找與現在的我們無關的話題，就想到了這個。

「我是說假設。」

不容改變的，我的任務。想擺脫這個任務，可能性跟戰爭在明天結束一樣低。

「嗯——我想想。」

這麼奇怪的問題，你卻認真地思考答案。率直又誠實的你。我會將你……

「旅行，吧？嗯，我想看看各種景色。」

事到如今，竟然想去旅行？M部隊不是一直在轉戰各地嗎？至少我是這樣聽說的。可是你又說想去其他地方？我無法理解。

我似乎露出了非常疑惑的表情。九號說「你不懂我的意思對不對」，微微揚起嘴角。應該是想笑。可是，並沒有好好地笑出來。真不像你。為什麼？

「我們雖然被派到各地，結果去過的地方都是亂七八糟的戰場。所以，我想去漂亮一點的地方看看。」

九號語氣輕快。彷彿在試圖與「去過的地方都是亂七八糟的戰場」這個現實抗爭。你總是表現得很活潑，但絕不樂天。獨自待在後方的你，想必比誰都還要清楚M部隊的處境。

不小心問了過分的問題……對不起。

「例如南方的島嶼，或岩石是深紅色的峽谷。啊，還想去人類蓋的舊世界遺跡。」

九號不經意地望向窗外。看得見雲間的縫隙。下面有東西在發光。是什麼東西的光啊？

「二號，快看！看得見海耶！」

原來如此，是海面反射的陽光。仔細一想，這還是我第一次從數千公尺的高空俯瞰海。因為初次下到地上時，我處於休眠模式待在逃生艙裡。

你貼在窗戶上，看著窗外。如果能站在你旁邊，跟你一起看海就好了。指著雲朵的縫隙說「好漂亮喔」，沒來由地一同歡笑……我在想什麼啊。

右手撫上劍柄。感覺到熟悉的觸感，我瞬間呼吸困難。心跳莫名加速。我知道自己的掌心在冒汗。

這是什麼？

不知為何，握住劍柄的手軟綿綿的，使不出力。我重新握緊劍柄。還是喘不過氣。我鬆開冒出手汗的手。內部裝置出了問題嗎？不，不對。我明白。不是那樣的。

「好漂亮喔。希望總有一天能在那樣的地方，悠閒地看書。」

「是啊……」

可是，你的願望不會成真。即使明天戰爭就會結束。我不得不將你和你的願望一同破壞。因為那就是我的任務。

快點。不能再拖下去了。得趁你毫無防備地背對我時，結束這一切……

「二十一號，你什麼意思！」

布萊克的吼叫聲隔著牆壁傳來。我急忙放開劍柄。九號驚訝地回過頭。趕上了。沒被他看見我拔刀。

「去看看吧。」

我點頭追上九號。又被布萊克妨礙了。我卻沒有動怒，反而鬆了口氣。我為這樣的自己感到困惑。

【紀錄：二十一號／大型輸送機內・控制室】

教官比我想像中更早發現，自動飛行系統裡輸入的路線偏了。是在機體變成水平飛行，切換成自動駕駛後沒多久的事。

「這是……程式錯誤嗎？」

起飛時我把輸送機交給他操縱，他一句話都沒說，所以我還在想他會不會一直沒發現，看來沒那麼遲鈍。

「我看最好切換成手動駕駛，掃描一下。」

「教官，請等一下。」

我叫住教官，對三號跟六號使了個眼色。

「程式沒出錯。維持這個路線就好。因為這架輸送機的目的地，不是大本營。」

我撞飛面露疑惑的教官。教官毫無防備，大概是太大意了。

「二十一號，你什麼意思！」

三號和六號拔出刀，迅速繞到控制臺前面。為了避免教官接近。

「我再說一次。這架輸送機的目的地不是大本營。」

坐在牆邊的抵抗軍三人組，都露出不安的表情。他們似乎還沒搞清楚狀況，卻感覺到危險的氣息。只要別來礙事，也不是不能放他們一馬。

「你有什麼企圖？」

四號拿起槍。他跟三名抵抗軍不一樣，應該知道現在是什麼情況才對，卻沒有開槍。八成是因為這個位置萬一射歪，會影響輸送機航行，他才這麼謹慎。這個決定很符合四號慎重的個性。

「我們寄葉實驗M部隊，在各地取得輝煌的戰果，帶領人類軍走向勝利。理應是這樣的部隊。」

M部隊是已經有成功案例的女性型寄葉機體的改良型，既然如此，自然能拿出更好的成績。不得不拿出更好的成績，上面的人是這麼說的。

「然而事實上，我們在各種戰場上吃了敗仗，不斷失去性命。怎麼努力都贏不了。」

記得很久之前，我就對此起疑了。可是在這段漫長的期間，一直無法確信。我的任務是制定最適當的作戰計畫。正因如此，一旦我判斷無法執行，就會向司令部要求中止作戰。我不只一次提議撤退。可是，每次都遭到駁回。

隨著一次又一次全滅，我開始相信是自己制定的計畫不好，拚命收集情報。參考各種資料，試圖找出理應存在於某處的「可能生還的計畫」……明明這種東西，打從一開始就不存在。

「很正常。因為我們的敗北是事先安排好的。」

「什麼意思？」

三號從旁回答四號的問題。

「就是所謂的壓力測試。我們被拿去實驗寄葉機體的男性機種，在多嚴峻的情況下會輸掉。」

沒錯，在絕對不會贏的戰場上。

我碰巧在主要伺服器的最深處，抵達了真相。其實我是想尋找存活下來的方法，才入侵伺服器的。連向司令部徵求許可的時間都不想浪費，試圖非法存取主要伺服器。結果不小心發現太過殘酷的真實……

「你誤會了！司令部很看好我們。我們是最新銳部隊，司令部認為我們有打破嚴峻戰況的能力……」

看好？能力？說得真好聽。你以為講這樣就能籠絡我們？有夠愚蠢。笑死人了。

「一樣的，教官！一樣的！」

這裡沒人會蠢到被這種話騙。不對，三號可能會被騙。所以我才先將真相告訴他。真想讓教官看看三號當時的表情。

「只要我們是不死的部隊，就會被丟進極度不利的戰場，一次又一次被殺掉……」

司令部說不定是覺得，反正我們死了也會復活，殺幾次都無所謂。無視我們也會感到痛苦與恐怖，這個極其理所當然的事實。

「像白老鼠一樣不斷被殺，直到勝利的那一天來臨，就是我們的任務。」

或者說，直到司令部判斷繼續實驗下去也沒意義為止。

「教官，我很感謝您。不好意思，我駭進伺服器看了司令部寄給您的信。您為了被派到太過不合理又嚴峻的戰場上的我們，寄了好幾封抗議信給司令部。」

這倒是出乎意料。本來以為教官只是聽從司令部的命令行事。不過，我提出的中止作戰和派遣援軍的要求，教官都過分老實地轉達給司令部。明明以他的身分大可置之不理。

「教官，您也可以跟我們一起來喔。」

搶走輸送機的時候，我們其實可以趁亂殺掉他。在那場混戰中，是做得到的。而我之所以沒那麼做，是想確認教官的意向。懷著對他多少有幫我們跟司令部抗議的謝意。

「辦不到。」

我想也是。雖然早就知道答案，為求保險起見，還是要問一下。算了。這樣就不欠他人情了。排除教官。決定。

三號右手握著劍，左手伸向四號。

「四號，你也一起來。」

「跟過去又能怎樣？根本無處可逃。」

四號回答完三號，接著望向我跟六號。什麼都不知道的四號，似乎以為用這句話就能說服我們。

六號的喉間傳出笑聲。他知道有地方可以逃。正因為我的計畫有未來，六號才會同意加入。

「地球另一側是太陽照不到的區域。通稱夜之國。只要去到那裡，至少可以擺脫地堡的追蹤。」

夜之國不在寄葉部隊司令部的管轄範圍內。也就是說，他們無權追捕我們。

「我們是最新型的戰鬥人造人。沒人贏得了我們。」

雖然不知道管理夜之國的人造人的型號，沒聽說是最新型。更重要的是，他們忙著運用龍騎兵。照理說不會有多餘的時間及人手用來捉捕逃兵。

「這種事，我不會同意……」

「教官，沒人在問您的意見。這是政變。」

我和二十二號四目相交。跟三號及六號談過後，我也對二十二號說明了計畫。怯弱的二十二號好像會害怕「政變」一詞，沒給我明確的回應。

「一起走吧，二十二號。」

二十二號目光游移。他在猶豫什麼？害怕自己做決定的話，由我來決定。你只要點頭就好。

「怎麼了!?發生什麼事!?」

九號跟二號衝了進來。八成是剛才教官大吼時，聲音傳到了他們耳中。二號很冷靜，九號則不安地環顧室內。

「你來得正好。九號，我們之後要去地球的另一側。」

「咦？」

「不好意思，我要你跟我們一起走。因為少了你這架治療型，沒辦法備份我們的資料。」

這樣二十二號就不得不點頭了吧。Ｍ００２的成員統統要來。他沒有堅強到會選擇獨自留下。

九號一臉還聽不懂的樣子，六號從背後抓住他。他的動作依舊靈敏。九號連抵抗的時間都沒有。

「你好香喔，九號。」

六號把臉埋進九號的髮間。我無法理解他的興趣，不過派他抓住九號再適合不過。

「放開九號！」

四號拿槍對著六號。

「把槍放下！這個距離，槍擊型贏不了攻擊型！」

不曉得他聽不聽得進三號的警告。四號一板一眼又不知變通。不對，四號不重要。對我們來說，還有其他威脅……

我望向二號。

「遲早得跟你戰鬥……二號。」

二號默默拔出劍。二十二號在大叫什麼，我故意無視。只是直盯著二號。

「我全知道了。」

抵達伺服器最深部時，我將機密資料統統看過了。其中也有關於處刑機種的文件。因此，我知道最後跟我們會合的「夥伴」是暗殺者。

二號不是D型。他真正的身分是E型。不是Defender，是Executioner。二號E型接獲了將M部隊的成員全數抹殺的命令。

「你的正式名稱，還有你的任務，我全知道了。」

這句話成了戰鬥開始的信號。二號拔出的劍朝我逼近。本以為他會率先殺向九號，或許是因為有六號保護他，他沒辦法出手。既然如此，就從掃描型開始解決。正確的判斷。

我翻身躲開二號的攻擊。我的戰鬥能力絕對稱不上優秀，倒是挺會閃的。因為在前線偵察的掃描型，被捲入混戰時需要自己保護自己。

我以為他會繼續追擊，不過，二號壓低了身子。三號砍向二號。明明是來自死角的攻擊，二號卻輕而易舉地閃開。然而，三號的大劍沒有停下。沒砍中二號這個獵物的劍刃刺進牆壁。我心想「糟糕」，卻阻止不了。

刺耳的警報聲與自動駕駛系統的聲音同時傳出。

『機密壁損傷。氣壓降低。開始自動降落。』

機體搖晃。我聽見弗羅克斯大喊「洛塔斯，操縱！」但之後發生的事我就不知道了。二號的攻擊近在眼前。我做好這次搞不好會被砍中的覺悟。

「嘿。你挺行的嘛。」

三號再度阻止二號的劍。二號默默應戰。激烈的交鋒揭開序幕。九號大喊「二號，住手！」。四號直接走向那個方向。他想解放九號。

休想得逞！不會把九號交給你。

六號大概也在想同樣的事，迅速應戰。我拔劍砍向四號。我不認為自己敵得過專門戰鬥的對手，不過至少可以支援六號。

背後的二號及三號，發出響亮的刀劍碰撞聲戰鬥著。眼前則是四號跟六號。二十二號呢？……找到了。他杵在牆邊。我看見他做出「別這樣」的嘴型。

別這樣？別怎樣？辦不到。你明白的吧？

就在我想叫來二十二號時，六號突然從我身旁衝過去。目標是二號。六號從背後砍向二號，四號追在後面。速度當然是六號比較快。

我看見二號的肩膀用力一顫。六號笑著準備給他致命一擊。可是，他的攻擊沒能命中二號。九號突然衝出來，擋在六號的刀刃與二號之間。

「九號！」

九號皺著眉頭，坐起上半身。雖然他受到了損傷，似乎不會太嚴重。我在放心的同時感到憤怒。做什麼蠢事啊！不，我想他大概在思考前身體就先行動了。

「六號！混帳東西！給我住手！」

三號也氣得大吼。可是，六號毫不介意。豈止如此，看起來還樂在其中。六號帶著燦爛的笑容說：

「偷襲。二對一。我最喜歡這種卑鄙的戰術了！」

六號拿刀對著三號。他瘋了。不過，三號看起來一點都不意外。他舉起劍，彷彿他們一開始就是敵人。

為什麼三號和六號要攻擊對方？莫名其妙。

「住手！」

誰都聽不見我的制止。真正意義上的混戰。三號和六號互相攻擊，二號從旁揮劍，四號使出踢擊。六號的刀沒砍中三號，而是揮向九號。四號立刻撞飛九號。

不妙。這樣會跟剛剛一樣……

六號的刀深深插進地板。與此同時，警報大作。

『燃料槽減少。』

六號的刀連機械生物都能輕易葬送。輸送機的牆壁跟地板，對它來說想必跟紙沒兩樣。

『機體控制系統應答率，降低至百分之十五。』

機體劇烈搖晃。洛塔斯用力拉起操縱桿，試圖讓機體恢復平衡。但晃動並沒有停止。

『高度降低，一百二十公尺。』

卡克特斯和弗羅克斯衝到洛塔斯身邊。

『一百一十公尺……一百公尺……』

機體正在迅速下降。機體正在不規則地震動。刀劍交鋒聲卻仍未停歇。發出刺耳的摩擦聲。

『八十公尺……六十公尺……』

沒人停下揮劍的手。太可笑了。

『……四十公尺。』

聲音及光線，在「高度二十公尺」這句話傳出的同時消失。

第六章

少年寄葉 Ver..1.05

【紀錄：九號／森林地帶・輸送機迫降地點】

有股燒焦的味道。一片靜寂中，聽得見鳥叫聲。好暗。這裡是哪裡？我轉動眼珠子觀察四周，看見一條裂縫。對面是疑似植物的綠色。

我突然想起來。剛才的聲音消失了。輸送機的引擎聲。是嗎，輸送機墜落了……

我想坐起身，卻狼狽地整個人翻過來。雙臂無力。想要勉強行動，肩膀會傳來劇痛。糟糕，傷勢挺嚴重的。

我躺在地上，用還能動的那隻手拿出急救包。由於光線昏暗，我只能在黑暗中摸索，不過哪些東西放在哪個位置，我記得很清楚。

注射止痛藥後，手勉強能動了。只不過，光是坐起上半身就累得氣喘吁吁。

我扶著原本不曉得是哪個零件的廢鐵站起來。醒來時雖然聞到了燒焦味，看起來並沒有著火。豎起耳朵，定睛凝視。有沒有搖晃？溫度如何？

嗯，都沒有問題。總之不用擔心火災或爆炸。

「有人嗎……」

有種喉嚨黏在一起的異樣感。吸到煙了？不對。確實有煙味，但沒嚴重到會影響呼吸器。大概是錯覺。

其他人沒事吧？我靠著從裂縫照進來的光，再度環視周遭，發現機身嚴重傾斜。在這個狀態下還沒爆炸也沒著火，近乎於奇蹟。

我聽見聲音。還有輕聲呼喚「九號」的聲音。

「二十二號？」

在黑暗中站起來的身影，無疑是二十二號。他跟我一樣聲音沙啞。啊，原來如此。我們吸進的不是煙，是粉塵的樣子。從某個角度來看，比煙更麻煩。最好快點離開機內。

「這裡是？」

「某處的森林……吧。但不知道正確位置。」

透過機身上的裂縫，可以看見樹木的綠色。聽得見鳥叫聲。沒墜落在海上，是不幸中的大幸。

「其他人呢？」

「這我也……不知道。」

可能是迫降時飛出去了。畢竟機身裂成這樣。我和二十二號之所以能留在機內，肯定是一點偶然與幸運累積的結果。

「走得動嗎？」

我將手伸向二十二號，感覺到一陣悶痛。儘管打了止痛藥，我的傷勢也挺嚴重的……

「沒問題。我可以自己走。」

「抱歉。」

結果我們互相攙扶，來到輸送機外面。不出所料，四周是青翠的樹木。只不過，只有輸送機衝進來的方向有攔腰折斷和燒焦的樹木。也有還在冒煙的樹。看來燒焦味不只來自於輸送機內部，還參雜了外面的味道。

我仔細查看有沒有人倒在地上，或掛在樹上，卻沒看見人。

「喂——！」

我叫了一聲，豎起耳朵。沒人回應。這種時候，如果二十一號在就好了。即使是黑盒發出的微弱訊號，二十一號也偵測得到。

可是，不能說。二十一號不在這裡，二十二號一定很擔心。我明白他剛才雖然問「其他人呢？」其實是想問「二十一號呢？」。

忽然有一陣吱吱嘎嘎的聲音。從輸送機傳來的。我和二十二號面面相覷。

「有人在裡面？」

傾斜的輸送機的窗戶，被連同窗框一起踹飛。有個人像從中滾落似的衝出來。衣服破破爛爛，頭髮也亂成一團，但我一眼就看出來了。他緩緩起身的模樣，令我倒抽一口氣。腦中響起警報。

「二十一號！」

我迅速抓住二十二號的手臂。

「等等！」

二十一號的膝蓋不規則地搖晃著。他剛才站起來的模樣，我有印象。是在地堡接受治療型的訓練時，看過的影像資料。

「咦？一點都不痛耶？」

二十一號歪著頭，動了動右手臂。不曉得他自己有沒有發現，他的手臂正在不停抽搐，以及發送至驅動系統的非正規訊號。

「景色是……紅色的？」

連感測器都出現異常。已經可以確定了。

「二十一號？你怎麼了？」

二十一號望向不安地詢問他的二十二號。

「咦？你，是誰啊？」

他的脖子歪成不符常理的角度。鮮紅色的眼睛瞪得大大的，連眨都不眨一下。

「二十一號！」

我抱住想衝過去的二十二號。

「不可以過去！那是……那是敵人的病毒造成的邏輯汙染……」

二十二號說了些什麼，但我聽不見。二十一號瘋狂的笑聲，將四周的聲音統統掩蓋住了。

【紀錄：三號／森林地帶・輸送機迫降地點西北方一八〇〇公尺處】

剛才，我滿腦子只想著戰鬥。想著打爆那個跩到不行的六號的頭。完全沒想到那是內訌，政變會失敗。好吧，畢竟我的腦袋就這樣。沒辦法。

「糟糕。要快點……去找。」

嗯？我在想什麼？墜落時撞到頭了嗎？

摔出輸送機的時候，耳邊傳來樹枝斷掉的啪嘰啪嘰聲。發現自己掉到森林上的下一刻，我就直接摔到地面。還以為會死人。

「在哪裡？」

我在做什麼？劍呢？有了。帶在身上。

「沒時間了……」

我是不是在找什麼東西？不對，找什麼人。可惡。大腦一團混亂。

「在哪裡？」

我是不是一直在說話？有聲音。不，不對。

「快……點……」

這裡是哪裡？森林。樹木。黑暗。光。紅色……啊啊，這樣啊。原來如此。終於發現了。處在這個狀態下，連我都會發現。是說，未免太慢發現了吧。受不了這麼笨的自己。

「三號！」

是四號的聲音。想起來了。全部。我在找四號。

「你……」

一看見我，四號便啞口無言。也是。我緊盯著自己的手。它不受控制地抖動著。明明是我自己的手。

「什麼時候開始的？」

「誰知道。」

什麼時候、在什麼地方被汙染的，這點小事不重要吧？不對，四號腦袋那麼僵硬，他會在奇怪的地方鑽牛角尖。

「二十一號駭入輸送機的時候……吧？那傢伙被邏輯病毒攻擊……嗯，那個時候有奇怪的雜訊。」

四號嘖了一聲，喃喃說道「六號也是嗎」。為什麼要提到六號？六號不重要吧？莫名其妙。噢，是「六號也被汙染了嗎」的意思？

「事到如今，政變無所謂了。邏輯病毒比較嚴重。立刻把黑盒調成封閉模式，停止所有機能。要是繼續放著不管，你的自我會徹底崩壞，被機械生物占據。」

真囉嗦。四號果然就是四號。不過的確，不能繼續放著不管……

「那不重要啦。」

我用力毆打顫抖不止的右手。這樣連劍都握不住。

「我想跟你獨處。」

沒有敵人，也沒有同伴。在這裡的只有我跟你。但你是怎樣？擺著一張臭臉。算了，你一直是這樣。反正你八成在想有我在也沒屁用對吧？不是嗎？

「你總是看不起我。當攻擊型的才能和當槍擊型的才能，全是你比較優秀。其實你比我更適合當攻擊型……你卻因為知道我的特性比較適合攻擊型，把位置讓給了我。」

「這叫適材適所，這樣比較有效率。」

四號臉上沒有眼睛鼻子，什麼都沒有，看起來像石頭。死都不肯對我表露真心。也不讓我知道他的意圖。適材適所？這樣比較有效率？

「不，不對。」

胡說八道！

「你是在憐憫我。」

被我說中了？對不對？

「你知道這讓我有多孤獨嗎？」

我以為我們是夥伴。我超越不了你。即使如此，我還是覺得我們能成為夥伴。只要能互相保護就夠了。聯手作戰的夥伴不就是這樣嗎？可是，你連這都……拒絕了。

右臂不停發抖。我握緊左拳，又揍了它一下……我想揍的不只有右臂。

「我想跟你站在對等的地位！而你！」

「夠了，三號。」

一聲沉悶的聲響傳來，手臂終於停止顫抖。好。這樣就能戰鬥。能跟你做個了斷。

「啊啊。身體好輕……」

哪裡都不痛了。感覺真好。

「這是病毒汙染的初期症狀。控制系統限制器故障，導致你無法意識到身體的負荷。這樣下去，驅動系統會全毀。」

「沒關係，四號。」

即使只是剎那間的事。

「解除限制器，就能做出超越極限的動作，使出比之前更強大的力量。如果能多少接近你一些……剩下的我什麼都不要。」
我拔出劍。好輕，彷彿長了翅膀。這個觸感，這個瞬間。這樣就夠了。
「至少要在最後一瞬間超越你！」
我將劍對著四號。他罵我「笨蛋」的嘴脣，頭一次顯露出疑似感情的東西。

【紀錄：六號／森林地帶・輸送機迫降地點東南方九〇〇公尺處】

放眼望去全是敵人。走到哪裡都是敵人。不管打倒多少臺還是有敵人。一直都是這樣。下到地面後，我們始終被敵人包圍。
但我並不討厭喔？把敵人砍碎，把敵人砸爛，把敵人弄得一團爛。無限重複下去。嗯，我超喜歡這樣的……雖然自己死掉有點討厭。
輸送機墜落時，我還在想這種死法超遜的，真討厭。如果墜落的地方有敵人的大軍，還是在正中央，不是很棒嗎？
有一堆敵人。有一堆可以破壞的敵人。
又砍又敲又砸。真愉快。真愉快。
機械為什麼不會慘叫呢？我不滿意的只有這一點。如果他們能學會說人話就好了。如果他們會哭會叫會痛就好了。例如「好痛喔」或「救救我」。例如「我們明明沒做錯什麼」。比起一句話都不說就壞掉，這樣好玩得多。

咦？我剛才是不是聽見慘叫聲？幻聽？不，是慘叫聲。我聽過的聲音。是抵抗軍的某人。他在大叫「救救我」。得快點過去。

礙事的傢伙全部殺掉！全部砸爛，全部摧毀！呵呵呵。

噢，找到了找到了。是教官和抵抗軍三人組。被敵人包圍，慌張得不得了。原來如此，對面是懸崖？無路可逃。甕中之鱉。哇，好慘——！

是叫……卡克特斯對吧，窩囊地大叫「救救我——！」的那傢伙。教官雖然在應戰，我看撐不住吧？有三個拖油瓶耶。弗羅克斯算比較努力的那個吧？洛塔斯則稱不上戰力。我早就知道了。

哎，一直站在旁邊觀戰也不好。

我直線衝進包圍那四人的敵陣。一面刷刷刷地砍倒敵人。這種感覺真讓人受不了。

啊啊——結束了。我只是邊跑邊揮刀而已耶。還不夠。這些傢伙太弱了。

「咦!?什麼!?」

三人組看了看接連倒下的機械們，又看看我，露出錯愕的表情。

「六號……！」

只有教官沒一臉錯愕，但我不喜歡他那個表情。「幸好你沒事」的表情。這種放鬆的表情不適合你喔？噢，對了。這樣就行了吧？

「什麼……？」

他看著刺進肩膀的小刀，一臉不敢相信的模樣。很好，不錯喔，那個表情。夾雜著驚訝與痛苦。幸好我留著投擲用的小刀。雖然不是為你留的！

「唉……感覺真好。」

咦？身體不知為何在抖來抖去。

「哪裡撞到了嗎？」

我用力揮動手臂。嗯，好。恢復了。教官卻語氣嚴肅地大喊「六號！」。你白痴喔？好好笑。

「你是不是被邏輯病毒汙染了？」

汙染？那又如何？都這個時候了，講這些幹麼。真是的，都這個時候了。

我知道政變失敗代表什麼意思。司令部派了處刑機種來。除非逃到地球的另一側，否則我們不會有未來。我們沒能把握那個機會。簡單地說，就是這樣。愚蠢的三號好像不明白就是了。

「那點小事不重要吧？」

我笑得停不下來。來吧！來做開心的事吧？

「因為大家等等就會被我殺掉。」

我用力揮動刀。慘叫聲響起。啊啊，這完全不是我喜歡的聲音。卡克特斯的。大叔給我閉嘴。我想聽的不是你的聲音。

「六號！住手！」

「你叫我住手？」

可惜。是教官的聲音沒錯，但我想聽的不是命令，而是哀號，或者哀求。叫幾聲讓我聽聽嘛，好不好？

「寄葉實驗M部隊都瓦解了，教官還有什麼屁用呢？」

再一刀。得避開胸部跟頭部。一下就結束太無聊了。沒錯，下方。瞄準腳步。

不愧是教官。在千鈞一髮之際被躲開了。可是，他狼狽地跌坐到地上。這種難堪的模樣也不錯。

「為什麼！」

聲音從意想不到的方向傳來。咦？弗羅克斯，你幹麼？

「你既然要殺掉我們，剛才為什麼要救人!?」

什麼嘛，你連這都不知道？虧我還覺得你是三人組中看起來最正常的一個。

「是嗎，你不知道啊。」

那我就說明給你聽。

「因為好玩啊。」

我對弗羅克斯揮下刀。比起說明，這更接近動手示範。覆蓋整張臉的憤怒轉為困惑，接著面容扭曲。

「很痛對不對？」

噢，回答不出來吧。弗羅克斯當場倒地，一下都動不了。

「因為剛才的攻擊最能刺激痛覺。想讓人覺得痛，必須在對方意識清晰的情況下。而且不能對內側的零件造成太大的損傷。反而要盡量傷害痛點多的皮膚及肌肉。又廣又淺……的感覺？噢，對對對。傷口也不能砍得太漂亮。因為傷口愈歪七扭八，對周圍痛點的刺激會愈強烈。

「我啊，超喜歡看人受苦、哭泣的。」

我將趴在地上的弗羅克斯踹起來，讓他翻過來躺著。因為，剛才的姿勢看不見他的臉。

「想騎在別人頭上鄙視、嘲笑他們。」

我用力踩在裂開的傷口上。很痛對吧？超痛對吧？

「面對壓倒性的力量，陷入絕望。那種表情最讚了。」

可是，機械沒有表情。無論我怎麼砍怎麼砸，他們一聲都不會叫。代表就算對方覺得痛苦覺得難受，他們也什麼都感覺不到吧？看到人造人哭得一把眼淚一把鼻涕，發著抖求饒，他們也一點都不會感到愉悅吧？

「要帶給機械生物那樣的喜悅？」

那些什麼都不懂的無趣生物？

「太可惜了！太可惜了！」

我回頭望向卡克特斯跟洛塔斯。他們都坐在地上發抖，不過還不夠。要哭喊得更大聲才行。這份喜悅是屬於我的。只屬於我的。

「要、從、誰、開、始、呢。」

被我用食指指著鼻尖，卡克特斯喉嚨發出抽氣聲。嗯——反應普普通通。噢，對了。把他的耳朵砍掉如何？嗯，就這麼辦。

「你以為我會讓你為所欲為嗎！」

啊——教官果然要妨礙我？再幾公分就要砍到卡克特斯的耳朵了說。是說，我在想的事都被你看光啦？

他之所以選在這麼驚險的時機砍過來，是想乘隙而入？猛禽類在捕捉獵物的那一瞬間最疏於防備。告訴我這個知識的人，就是教官嘛？

你試圖繞到左側，莫非是想瞄準我的弱點？可惜。那種東西，當然僅限於訓練的時候啊。

「教官，我知道喔。」

我彈開他的劍，賞了他一記掃堂腿。輕而易舉，我都忍不住笑出來了。

「您的機體不是寄葉型。只是強化過的人造人。」

他倒在地上，儘管如此，依然伸手想拿起劍。我喜歡這種垂死掙扎喔。所以，給你獎勵。我拿刀用力刺進教官的右手背，釘在地上。你什麼都不用做。乖乖待著就好。懂了沒？

「有沒有寄葉型的證明——高功率反應爐『黑盒』，是差很多的。」

那麼，享樂的時間到了……才剛這麼想，又有人來礙事。軟趴趴的子彈擦過脖子附近。怎麼可能射得中，就算射中也不會怎樣。抵抗軍的子彈，對我們來說跟練習彈沒兩樣。

「煩耶。」

弗羅克斯那傢伙還能動啊？

「區區抵抗軍，怎麼可能贏得過我這架寄葉型？」

力氣小，動作又慢。閃躲攻擊的速度當然也很慢，所以我可以壓著他們打。沿著剛剛砍出來的傷口切下去……這種事也做得到喔？看，就像這樣。

真不錯的表情。整張臉被冷汗、淚水、鼻涕、唾液弄得溼答答的。我一腳踩在他的臉頰上。啊，這是我的貼心之舉喔？因為牙齒咬得那麼緊，會無法呼吸吧？對對，把嘴巴張開，吐氣。

「住手——！」

吵死了，大叔。弗羅克斯好不容易發出悅耳的聲音，會害我聽不見啦。

看來先讓他閉嘴比較好——在我心想之時，被機械生物包圍了。理應已經被我打倒的機械，突然站起來。

「射擊！」

子彈同時從周圍射過來。洛塔斯的聲音讓我猜到他動了什麼手腳，不過更重要的是，必須處理這些子彈。這些傢伙的機槍很快，跟抵抗軍的玩具不一樣。

我接連砍斷、彈飛子彈，擊潰那群機械……哎呀呀。

「真能幹。用被你駭進的機械生物齊射嗎……」

洛塔斯睜大眼睛，愣在原地。

「竟然統統擊落了……」

「哎呀，也沒有。有幾發射中了。」

溫暖的液體從額頭流到臉頰。機械的子彈射人很痛的。

「得回敬你一些才行。」

我砍向呆站著不動的洛塔斯。如果他慘叫著四處逃竄就好玩了，洛塔斯卻當場倒地。不會吧？我只是輕輕砍一下耶？連要害都避開了喔？

「喂，起來啦。我還沒殺你耶。」

我抓住洛塔斯的臉，把他拉起來。直接捏爛他的臉好像也不錯？

「你覺得害我臉受傷的代價，哪種類型的疼痛比較適合？」

他的頭骨被我捏得吱嘎作響。再用力一點，腦部零件會不會彈出來？但這樣一下就玩完了。

「活生生砍斷四肢之類的？不，不要一下砍斷，一公分一公分慢慢砍比較好玩吧？」

沒錯，先從右手砍起好了。像你這種技工，最害怕慣用手廢掉對不對？

「洛塔斯！」

「就說你很吵了。大叔，你下一個。」

我只是隨便踢一腳，卡克特斯卻往後飛了近兩公尺。這傢伙是多輕啊？

「我……我……是他們的隊長啊啊啊啊！」

咦——？這種熱血的個性，是不是跟那個名字有三的白痴很像？竟然還想用拳頭揍我，連這種沒效率的部分都很像。豈止沒效率，根本一點效果都沒有。

「煩死了。」

我再度將他踹飛。這次飛了差不多三公尺吧？卡克特斯卻堅持站起來。所以我才會討厭笨蛋。這種地方跟某人一模一樣。

「我……我……咦？不會痛？為什麼眼前是紅的？」

弗羅克斯瞪大眼睛。太過驚訝，導致他感覺不到疼痛了？雖然可惜了那難得一見的好表情，弗羅克斯吶喊「隊長，不會吧!?」的語氣悲痛無比。這也挺讓人愉悅的。

「手臂不聽使喚……嘻。呵呵呵。」

卡克特斯歪著頭，身體開始抖動。

「大叔，你被汙染啦？遜斃了！太遜了吧！」

好好笑喔。他大概是想在最後耍個帥再死，偏偏被汙染了？還在那邊「咿嘻嘻嘻」地笑著，白痴喔？

「怎麼會！隊長！」

弗羅克斯的聲音，聽起來都快哭了。大叔卻笑著拿槍亂射。不是亂射。他瞄準了弗羅克斯跟洛塔斯。一面把他們逼向懸崖。現在的他是不是比遭到汙染前更能打啊？

還有啊，你用的槍對我們寄葉來說是玩具沒錯，威力卻足以殺掉你們舊型喔？你知道嗎？

「隊長！請你停——」

啊啊——射中了。弗羅克斯跟洛塔斯，都被不久前還是隊長的人射中，頭下腳上摔下懸崖。

本以為接下來他會盯上我，那個大叔卻把槍口對著自己耶？他想幹麼？莫名其妙。因為，你不是被汙染了嗎？不可能良心不安吧？

啊——他真的開槍了。朝著自己的喉嚨。然後摔下懸崖。還殘留著一些自我的意思？

「那是怎樣？把同伴牽連進去，自己也跑去死。清得乾乾淨淨。跟打掃機器人一樣。好方便！」

啊啊，笑死人。不過，真無趣。不要擅自死掉啦。我想自己動手的說。這樣一點都不夠。

「教官，剩你一個了耶？」

教官的手不知何時恢復自由了。你拔掉手背上的刀啦？哦——挺努力的嘛。可是，希望你在我看著的時候拔。為什麼要偷偷摸摸的？算了。等等再叫你表演給我看就行。

「要讓我好好享受喔？」

因為，終於能跟你兩人獨處了。

【紀錄：二一號／森林地帶・輸送機迫降地點東北方一二〇〇公尺處】

意識被從黑暗深處拖出來的感覺，這是第二次經歷了。第一次是從緊急逃生艙中被人搬出來的時候。當時不怎麼亮，卻挺熱鬧的。

第二次則跟那個時候成反比，相當安靜，而且好亮。睜開眼睛，映入眼簾的是天空。看來我仰躺在地上。影子落在天空上。不，不是影子。某種綠色的東西。是植物。定睛凝視，便看出那是枝葉繁茂的樹木。

我隱約記得急速下降的輸送機，衝進了森林地帶。機體嚴重裂開——或許是因為我們在狹窄的機內展開一場混戰——我被裂縫吸了過去，摔出機外。

我慢慢試著移動四肢。從那麼高的地方摔下來，卻只有輕微的損傷。站起來時頭雖然暈了一下，沒有大礙。這點小問題幾分鐘就會恢復吧。

聽覺也沒有異常……真可惜。好想讓聽覺機能故障，就算只有現在也好。這樣就能排除掉不想聽見的聲音。

SS的警報聲一直響個不停。八成是感應到我恢復意識了。

「SS。好吵。我聽得見。」

「警告：離作戰執行預定時間已經過八小時三十六分。建議：盡速排除寄葉實驗M部隊。」

「在這種狀況下，竟然還講得出這種話……」

腦袋有問題嗎？照理說，司令部也知道他們發動政變了。而且輸送機還緊急迫降。連隊員的生死都不知道喔？在這個狀況下叫我排除他們？莫名其妙。

「警告：此為司令部的絕對命令。若違反命令，將令二號E型機種的黑盒失控，給予處分。」

什麼鬼？絕對命令？處分？我嗎？一點都不好笑。如果是打算威脅我，這威脅也太爛了。不，不只是「打算」吧。

「建議：盡速排除寄葉實驗M部隊。」

彷彿只會說這一句話的SS，以及狡猾狠毒的司令部。扭曲了。一切都壞掉了。

「究竟有多扭曲啊……」

喉間發出沙啞的聲音。我似乎在笑。明明覺得這個玩笑一點都不好笑，卻覺得扮演小丑的自己實在很可笑。

「SS，提供位置情報。我去找隊員。」

我望向手掌。固定用的膠帶沾滿泥土，快要鬆掉了。我默默按住膠帶，邁步而出。

【紀錄：四號／森林地帶・輸送機迫降地點西北方一八〇〇公尺處】

無論在地堡還是在地上，我跟三號的長劍交鋒過無數次。他的劍路我瞭若指掌。也知道他的弱點。三號接下來會如何行動，我恐怕比本人更清楚。

可是，我現在看不穿三號的動作。本來全力揮劍後會露出的破綻消失了。假裝沒站穩引他攻擊，他也沒上當。

做完一件事就會鬆懈下來，是你的壞習慣。

你會在最後關頭鬆懈下來。

我反覆咀嚼對三號講過好幾次的話語。眼前是改掉壞習慣，最後關頭也不會鬆懈的三號……

手槍被彈飛了。可是，三號沒有給我拔出另一把手槍的時間。若是平常的三號，會在這個時機變得漏洞百出才對。

「你還沒拿出真本事吧？」

三號高舉著劍，不屑地說。架勢毫無破綻。

「拔刀。」

劍與槍的近距離戰鬥。訓練時做過好幾次。所以我明白。再這樣下去不行。我應付不了現在的三號。

看見我拔刀，三號開心地笑了。他發自內心覺得喜悅。看得出這一點，令我感到哀傷。

「你真的是個……笨蛋。」

我還以為我們在跟同樣的敵人戰鬥。我還相信我們看著同樣的方向。你不是我的夥伴嗎？為什麼你笑著用劍指向我？你的願望一直是這個嗎？

「我就是看不爽你總是表現得從容不迫……啦！」

長劍一閃。我反射性拿刀擋住。好重。像被岩石砸到。三號的劍本來並沒有這麼重。

我們最後一次用劍較量，是在地堡接受訓練時。我還沒轉成槍擊型……我們兩個都是攻擊型。

當時的勝率是我比較高。不過，單純是因為我巧妙地隱藏了自己的短處。只要三號意識到自己的缺點，學會彌補不足之處，勝率應該會不相上下……但我怎麼說你都聽不進去。

我的推測是正確的。改掉缺點及壞習慣的三號確實很強。無論我往哪裡砍，他都會擋住我的攻擊，反而是他會從意想不到的方向出招。我們交鋒了無數次，拉開距離，然後逼近對方，再度激烈交鋒。完全勢均力敵。

三號臉上浮現笑容。我只看過一次，卻記得很清楚。出廠後我們第一次用劍交手時，愉快的笑容。不含一絲雜質的笑容。

第二次……是現在啊。真諷刺。

不過，他的笑容和勢均力敵的戰況，也只能到此為止。三號的汙染逐漸加劇。

他發出瘋狂的笑聲，拿劍的手也在抖。驅動系統開始出問題了。結束的時刻愈來愈近……

我將三號的劍彈開，直接朝他揮劍。確實砍中了。三號握著長劍飛出去。

還沒結束。三號站起身，扯出笑容，肩膀不停顫抖。我在他重新拿好劍前砍下去。他站起來。我再次揮劍。纏人的三號依然站了起來。

胸部及腹部都被砍到露出內部零件，依然站了起來，甚至面帶淺笑。感測器徹底故障了。搞不好他連自己被砍中都感覺不到。

「為什麼……！」

三號大概早就失去自我了吧。即使如此，我還是忍不住問他。

「為什麼沒讓我感染病毒!?」

我使勁全力拿刀敲向他的右肩。長劍發出聲音掉在地上。失去肌力的右臂垂在那邊。

三號沒有倒下。他搖搖晃晃地走過來。不對，他已經連走都走不動了。三號跪倒在地。

「身為病毒持有者的你，應該做得到吧!?」

我不是在尋求解答。不需要答案。我想要的是其他……！

三號忽然抬起臉。嘴角掛著跟之前不一樣的笑容。

「因為，靠那種東西贏過你……也沒意義，啊。」

他似乎還保有自我。所以無論倒下多少次，都站得起來。

「是啊……三號。」

汙染擴及全身各個部位，就算這樣，你也沒有捨棄自我。明明你應該知道這樣會比較輕鬆。不對。你不可能會想到這些。

三號直盯著我。他的雙眼雖然染成了鮮紅色，卻感覺不到狂氣。

「……拜託。」

本想回答「知道了」，卻發不出聲音……不行，最後我得好好回答。我們一直缺乏溝通。就是因為這樣，才會自以為明白對方，結果什麼都不懂。所以。

「知道了。」

三號靜靜閉上眼睛，我把刀刺進他的胸口。

【紀錄：九號／森林地帶・輸送機迫降地點】

二十一號的身體緩緩晃動。運動機能故障，是感染邏輯病毒的初期症狀……

「啊啊——感覺真好！感覺真好，九號！」

槍聲響起。二十一號飛了出去。二十二號輕聲說道「對不起」。他們是雙胞胎機種，從出廠的那一刻就一直在一起。親手對自己的另一半開槍，會有多麼痛苦啊。

然而，我能沉浸在感傷中的空檔只有一瞬間。被射中的二十一號站了起來。子彈命中了。就算他內心再怎麼動搖，難以想像身為槍擊型的二十二號會射歪。事實上，二十一號的衣服上有燒焦的痕跡。痛覺麻痺了。這也是邏輯汙染的典型症狀。

「不會痛。不會痛喔，二十二號。」

二十一號納悶地歪過頭。

「二十二號？對了，你叫二十二號對不對？跟我一起製造的雙子機種。可是，不知為何沒通過攻擊型的測驗，最後成了槍擊型的可憐的二十二號。」

對喔，認識他們沒多久的時候，我得知二十二號是槍擊型，覺得很奇怪。他不是攻擊型嗎？當時我以為是自己記錯，原來並非如此……

二十一號指著二十二號，尖聲大笑。

「我啊，一直覺得你很可憐喔？弱小，沒有我保護就會死掉，愛哭的二十二號！」

「二十二號！不可以聽他說話！」

我反射性大叫。我不想讓二十二號聽見那些話。

「那已經不是二十一號了！」

可是，二十二號聽不進我說的話。他大叫著連射。聲音大到我懷疑內部零件會不會直接粉碎。

二十一號的動作突然變了。中了好幾槍，照理說會痛得不能動，他卻開始用敏捷的動作閃避攻擊。看來他雖然被汙染得那麼嚴重，戰鬥本能還保有正常的機能。

「二十二號……二十……二、號……」

二十一號的聲音壞掉了。二十二號一副不想聽的模樣，不斷開槍。二十一號卻毫不在意，走向二十二號。

「一起，吧……」

二十二號向後退去。他的腳絆到了。

「一起……走吧？」

二十一號逼近跌坐在地上的二十二號。糟糕。

「二十一號！」

我從旁接近，使勁對二十一號使出飛身踢。總之得讓他遠離二十二號！

「小心！二十一號想讓你感染病毒！」

我拔出劍。本來二十一號並不擅長近戰。跟我一樣。所以，由我打倒他。我不想再讓二十二號留下慘痛的回憶。

『唯一的攻擊型機種二十二號受傷了！沒有光憑你這架治療型，和我這架掃描型就能執行的作戰計畫！』

彷彿聽見二十一號的聲音。離那一天才過沒多久……

『你負責全力穩住槍！我來修正彈道！』

是二十一號總是帶領著不擅長戰鬥的我，以及有點懦弱的二十二號。二十一號是我們Ｍ００１實質上的隊長，可靠的夥伴。

我攻擊了那名夥伴，曾經是夥伴的東西。我猜想可能會被他閃過，二十一號的動作卻在這時變遲鈍了。二十二號射中了二十一號的腳。精密射擊是二十二號的特技。

對不起，二十二號。只靠我一個人果然辦不到。我明明不想再讓你留下慘痛的回憶。

至少要快點完事。劍刺中動作有些遲緩的二十一號。二十二號開槍。二十一號的動作又變得更遲鈍了一些。我再度用劍刺他。

不曉得重複了多少次，二十一號終於倒下。我聽見「嗶——」的聲音。是心臟停止的聲音。我的呼吸急促到快要蓋過這個聲音。胸部裝置難受到彷彿快要被壓爛。

「為什麼，會變成這樣……」

二十二號在哭。他的悲傷及痛苦，不只是因為他不擅長的戰鬥。二十二號肯定比我更加悲傷、痛苦、難受。可是，我什麼都無法為他做。

二十一號把「因為我們一心同體」當成口頭禪掛在嘴邊。二十二號失去了一心同體的另一半，我不曉得該跟他說什麼才好。

只能傻傻地杵在原地的我面前，發生了令人不敢相信的現象。理應已經死掉的二十一號跳了起來。

「怎麼會……」

機械生物中存在擁有復活或超回復等機能的個體。因為邏輯病毒的關係，被機械生物方占據的二十一號，學會了他們的機能……

「危險！」

二十二號被撞飛，摔在地上。二十一號的攻擊直接命中他。事情發生在眨眼之間。根本沒時間閃躲。

「咦？二十二號？不見了……」

二十一號沒發現二十二號剛被他自己撞飛。不僅如此，二十二號就倒在旁邊，他卻連這件事都沒意識到。可見他壞得多麼徹底。

「好寂寞喔……好寂寞喔……」

二十一號癟著嘴左顧右盼。他翻起白眼，頭部不規則地搖晃，怎麼看都不正常。然而在我眼中，這副模樣儼然是找不到回家的路，正在哭泣的小孩。
「二十……二號……在哪裡？」
我衝到二十二號前面，將動彈不得的二十二號護在身後。
「不行，九號……你快逃……」
「不要！」
我拿起劍。腳站不太穩。我發現自己也受傷了。所以二十二號才叫我快逃……可是。
「拯救大家是我的任務！所以，我絕對不會逃！」
我將劍對著二十一號。不過，到此為止。二十二號的速度遠比我踏出第一步的速度還要快。我還沒理解發生了什麼事，就摔在地上。
連哪裡被砍中都不明白。只感覺得到被緊緊勒住的痛楚。無法順暢呼吸。
二十一號低頭看著我，眼神如同盯上獵物的野獸。
得反擊才行。快點。否則，會被殺。可是，沒有劍。劍被打飛了……
然而，最後一擊始終沒有來臨。
我提心吊膽地抬頭一看，二十一號面容扭曲，停止動作。紅色體液從背上噴出。是衝擊波攻擊。不過，是誰？
「二號？」

我坐起身回過頭，二號拿著刀站在那裡。

【紀錄：六號／森林地帶・輸送機迫降地點東南方九〇〇公尺處】

好多紅色的東西。好漂亮喔。好開心喔。

「教官！教官！教官！」

叫你這麼多次，你一句話都不回，真無情。噢，也是啦。你牙齒咬得那麼緊，不能說話對不對？

「欸，教官？」

嗯，我也不是想要你回答啦？有話想說，卻說不出口，只是皺著眉頭。這種表情更讚。

「你懂嗎？我就喜歡這樣。」

砍出好幾個傷口，好幾十個傷口。爛掉的皮膚垂在那邊。可以讓你更痛一些嗎？可以吧？

「啊，不是因為病毒汙染，導致我腦袋變得不正常喔？」

他似乎誤會了，所以我還是解釋一下。

「我從很久以前開始，就喜歡這樣了。」

喜歡在戰場上破壞敵人，但更喜歡看夥伴受傷、痛苦的模樣。還想折斷二十一號漂亮的手指，或是讓二十二號哭到嗓子啞掉……只是沒說出口。

「你該不會以為是汙染害的吧？以為只是邏輯病毒讓我凶暴化？」

可惜。猜錯了。好吧，不能怪他誤會。因為邏輯病毒是用來殺同伴的兵器。是說，竟然把我的性格設定成跟敵人的兵器類似，開發部在想什麼啊？

聽說擁有這種嗜好的人，在人類當中也有一定的數量，或許是因為這樣？

「我倒覺得我有沒有被汙染都一樣。我一直很想跟教官培養感情……不對，折磨教官。」

果然還是會希望他講點話呢。「住手」之類的。然後我再告訴你「錯了，是『請您住手』才對吧」。教到你講對為止。之後再多砍你幾刀。

「來嘛，跟平常一樣命令我嘛？教官？還是你嫌不夠？」

腳已經沒地方砍了。手也是。差不多該換臉了？右眼跟左眼，從哪一隻先來？

「……!?你……還動得了啊？」

一把刀突然飛過來，我瞪大眼睛。

呼，嚇到我了。一點點而已。不過，毫無意義。左手雖然被刺中了，反正不是慣用手，而且不痛不癢，大概是汙染的關係。

「這種攻擊怎麼可能會有效？」

想垂死掙扎？右手砍得不夠嗎？嗯，知道了。看我多砍幾——

「ＳＳ，開始……掃描。」

「掃描？」

有種有東西在體內爬行的不快感。這是？這是？

「你做了……什麼！」

「我拿刀當媒介，啟動了ＳＳ的身體掃描程式。」

媒介？他不是沒瞄準好，而是隨便射中哪裡都行？對，我想起來了。這個觸感是教官把ＳＳ發給我們時的那個。不，不對！

「我、我的身體……！」

不聽使喚。跟當時的感覺不一樣。那個時候癢癢的，很舒服，現在卻不一樣。

「抱歉。花了點時間改寫程式。」

教官維持倒在地上的姿勢，吐出一大口氣。我聽不懂他在說什麼。

「我動了點手腳……讓反應爐的黑盒失控。」

ＳＳ開始倒數計時「離反應爐失控，剩餘十秒」。開什麼玩笑！

「這樣連你都！」

無法全身而退吧——我的聲音被ＳＳ蓋過。剩餘七秒。反應爐一旦失控，那個爆炸規模……

「放心吧。學壞的學生，我會負責照顧到最後。」
離反應爐失控，剩餘三秒。
「給我停下來……停下來停下來停下來停下來啊啊啊啊啊！」
不管我怎麼叫，倒數計時都沒有停止。然後，眼前被白光籠罩……

【紀錄：二號／森林地帶．輸送機迫降地點】

「……二號？」
呼喚我的聲音微弱且顫抖著。不用看都知道，九號身受重傷。
「九號。」
讓你傷得這麼重的人，本來應該是我才對。結束你生命的人也是。
「二號，二十一號他！」
被病毒汙染了——我打斷他接下來要說的話。
「問你一個問題。」
有人在我背後站起來。是二十一號。那種程度的攻擊，無法對他造成多少傷害的意思。
「假如，我被敵人汙染，發狂了。假如，我成了敵人。」

二十一號咆哮著衝過來。這個攻擊力一點都不像掃描型。推測是因為汙染，導致限制器強制解除了。

我迅速上前，進入攻擊範圍內。拿刀橫向一揮。揮了好幾刀後，瞄準他的脖子。要讓生命徵象急速下降，這樣最簡單。體液噴出。然而，他還在動。我繼續揮刀。在鎖骨附近砍了兩、三刀後，用衝擊波震飛他。

「嗚啊啊啊！好痛！好痛好痛好痛好痛啊啊啊啊！」

二十一號倒在地上掙扎。再怎麼遲鈍，都不可能完全感覺不到痛。盡量刺激痛覺，分散感測器的資源。如此一來，他的動作會變遲鈍一些，注意力也會降低。

二十一號還沒爬起來。我在心中祈禱他能就這樣停止運作，觀察他的狀態。為了避免汙染波及九號跟二十二號，我不想打得太激烈。

而且，汙染機體的力量是未知數。戰鬥拖得愈久，我說不定會保護不了你們……保護不了你。

我不想思考在那之後的事，用更大的聲音呼喚。

「九號，假如我發狂了，你願意，殺了我嗎？」

九號的表情扭曲了。雖然他戴著護目鏡，看不見臉，我想他應該在哭吧。對不起，講這種傷人的話。

「怎麼可能……我不會……殺你。絕對會……救你。」

對不起，害你哭了。不過，謝謝你。

「太好了。就知道你會這麼說。」

聽見這句話就足夠了。光憑這句話，我就。

「希望你……一直這麼溫柔。」

我對九號微笑。這大概是我第一次真心對他人微笑，也是最後一次。但要是沒有你，我八成連這麼點小事都做不到。

二十一號再度站起來，大聲吼叫。一次失去大量的體液，還是有辦法恢復嗎。

「二號……殺掉……殺掉……！」

他用如同野獸的動作跳躍。好快。我跨出一步，這次以腹部為目標。本想直接瞄準胸部，但那個部位實在沒有破綻。瞄準腹部。既然他失去了大量體液還能恢復，就破壞掉腹部裝置。這裡很難自我痊癒。

「別、妨礙我！二號！」

刀刃不斷刺進腹部。可是，二十一號沒有停下。

「二號——————！啊啊啊啊啊啊啊啊！」

我用左手掐住二十一號的脖子。就算這樣，胸部依然沒有露出破綻。

「不可以，二號！碰到二十一號會感染病毒的！」

我明白直接接觸很危險，用不著二十二號說。但不能再繼續拖下去。而且，我已經沒救了。決定保護你，明顯違反命令。我註定會遭到處分。

「別擔心。二號是D型，對病毒有抗性！」

對喔。九號相信我說的話……

二十一號掙扎著。我掐緊他的脖子，他便試圖把我的手臂整隻掐爛。左臂發出可怕的聲音。劇痛從手臂傳到腦髓。但我不能放開。還差一點。我聽見叫聲……是我的叫聲。

左臂發出沉悶的聲響，徹底折斷。我痛得差點停止呼吸。二十一號扭動身體，想要逃跑。胸部露出一瞬間的破綻。我用右手拿著的刀刺進去。

「呃啊啊啊啊啊啊啊啊——！」

他尖叫著抓住我。想自爆嗎!?

二十二號大叫「危險」，用力撞飛二十一號。這一刻。短短的一瞬間，我看見二十一號望向二十二號。

眼睛都變成紅色了，目光卻平靜溫和。不久前還支配著二十一號的狂氣，消失得無影無蹤。他看起來甚至帶著微笑，是我多心嗎？

不過，那抹微笑也很快就消失了。火柱噴出，爆炸聲與爆炸的衝擊襲捲而來。

我摔在地上。拚命維持住模糊不清的意識。二十二號的痛哭聲傳入耳中。我想確認九號平安與否，卻因為視線被遮蔽的關係看不見。

不久後，火柱及塵土消失，四周恢復靜寂。二十二號還在哭。轉頭一看，九號正在從地上坐起來。似乎沒被炸傷……太好了。

我也慢慢坐起身。完全感覺不到疼痛。不能一直躺在這裡。必須快一點。趁還來得及的時候。

「二號？沒事——」

「別過來！」

我用手制止想靠近我的九號。站起來。步行機能尚未受到影響。

驅動系統也勉強還在運作。只不過斷掉的左臂不受控制地在動。

「不可以、過來。」

「怎麼會……怎麼會這樣！」

九號用帶哭腔的聲音大喊……對不起。我明明希望你一直笑著。

「二號不是D型機種，擁有任何病毒都能用防護罩隔絕的功能嗎……」

所以，我來代替你笑吧。

「九號，你真傻。這麼簡單就相信別人說的話。」

希望我有笑出來。至少讓你不會難過。

「我的正式機種名稱是，二號E型。用來處置背叛司令部的寄葉機體的……處刑機種。」

九號倒抽一口氣。

「我是製造出來殺掉你們的……暗殺者。」

「你在……說什麼？二號。」

雖然被護目鏡遮住，沒辦法實際看見，你想必瞪大了雙眼吧。那樣比較好。比起悲傷，不如驚訝。

「我啊，九號……我很羨慕你。」

時間所剩無幾。透過二十一號感染的病毒疑似是變異種，擴散速度很快。

「不是打倒敵人，而是拯救夥伴……率直、誠實、純真的你……」

好難受。可是，我必須說出來。趁還能告訴你的時候。

「對於打從出生的那一刻……就只學過殺人的我來說……對於活在謊言中的我來說……」

眼淚？我在哭？難受不只是因為病毒。

「跟你在一起，我的靈魂，彷彿得到了救贖……」

你幫我的手纏上膠帶，希望我的傷快點痊癒。我骯髒的手像被淨化了一樣，可是，那隻手又會再染上髒汙，我非常不希望這樣。

「SS！停止二號黑盒內的處理器！對病毒進行不活性化處理並除去……」

不可能的。病毒正在以驚人的速度擴散，我自己也明白。看，SS也說「不可能」。啊，原來，已經侵蝕到百分之六十七了。難怪。

「吵死了！別管那麼多，快點！」

你也會像這樣大吼啊？小小的新發現。

「……二號黑盒內的侵蝕區塊，增加至百分之七十八。預計於兩分鐘後喪失自我。建議：盡速破壞寄葉機體二號E型機種。」

九號聽了，氣得將SS砸到地上。嗯，我能理解你的心情。我也有好幾次想這麼做。SS真的很讓人不爽。哈哈哈。

「九號，你真傻。真的好傻。可是，你那麼關心我，我非常，高興……」

「我不會讓你死！」

九號似乎打算治療我。明明知道不可能。確實很符合你的個性。

「二十二號！九號交給你了！」

我反手握住刀。刀尖抵著胸口。趁九號離我還有一段距離的時候。

「再見了。九號。」

染成鮮紅的視線範圍內，只有你的存在。

【紀錄：四號/森林地帶・輸送機迫降地點西北方】

我走在路上，尋找輸送機的迫降地點。儘管失去了三號，還有該做的事要做。正因為失去了三號，才必須去做。

我控制著快要站不穩的雙腳，走向東南方。以距離來說，應該還有八百公尺左右。六號和二十一號在哪裡？活著嗎？還是死掉了？

『二十一號駭入輸送機的時候……吧？那傢伙被邏輯病毒攻擊……嗯，那個時候有奇怪的雜訊。』

三號是這麼說的。意思是，如果六號跟二十一號還活著，會處於被汙染的狀態。不得不跟他們戰鬥。

然而，現在的我不知道有沒有辦法打倒他們。三號造成的傷勢比想像中還重。也有再偏個幾公分，搞不好足以致命的傷口。

不只劍砍出的傷，全身上下的關節都在悲鳴。看來我不小心太勉強身體了。不這麼做就會被殺掉。真的是場難分上下的戰鬥。

『如果能多少接近你一些……剩下的我什麼都不要。』

三號。你如此渴望的東西，就在這裡。這份痛楚，正是你力量的證明。不過，你真是個笨蛋。你已經，不在了……

其他隊員不曉得怎麼樣了？二十一號遭到汙染，現在沒辦法從地面確認其他隊員的位置。

對了，發出救難訊號就行。地堡接收得到黑盒訊號。我並不期待他們前來救援，但總能給個位置情報吧。

帶著燒焦味的風吹來。輸送機的迫降地點，恐怕在上風處。前進的方向沒錯。可是，密集的樹木擋住了視線。在我心想「真不想在這種地方遇到敵人」之時。

有人坐在斷樹的樹根上。是卡克特斯。我本來想叫他，最後決定不這麼做，而是拔出刀。

卡克特斯的手臂彎成奇怪的角度，不規則地抖動。而且，弗羅克斯跟洛塔斯倒在他旁邊。因汙染而失去理智，攻擊了同伴，嗎？

「哇啊啊啊啊！誤會誤會誤會！」

卡克特斯看見我，急忙舉起雙手。但他的右手還是在抖。

「這不是汙染！只是摔下懸崖，手受傷了。」

這樣的話，他要怎麼解釋弗羅克斯和洛塔斯的屍體？卡克特斯察覺到我的視線，快速搖頭。

「他們也只是被練習彈射暈而已！」

仔細一看，這兩個人肩膀都在規律起伏。洛塔斯甚至在打呼。原來如此，再看一次就會發現，卡克特斯雙眼的顏色沒有變化。

「怎麼回事？」

「我假裝被病毒汙染，逃過一劫。膽小鬼有膽小鬼的戰鬥方式。」

卡克特斯沒有說明他是跟誰戰鬥。我也沒問。弗羅克斯跟洛塔斯都睡得很舒服的樣子，這樣就夠了。

「是嗎。」

些微的疲勞感湧現，我靠著大樹，就這樣滑下來坐到地上。剛才的我似乎非常緊張，儘管我並沒有自覺。看到卡克特斯的臉，因而鬆了一口氣的自己，令我感到有點不可思議。

「你的夥伴，三號呢？」

我默默搖頭。卡克特斯沒有繼續追問。只是跟我一樣，輕聲說道「是嗎」。

好安靜。我們默默坐在吹著帶有焦味的風的森林中。過了一會兒，卡克特斯咕噥道：

「我們活下來了啊……」

換成不久之前，那應該是件值得高興的事。至少我一直想著要如何活下來。跟三號一起，要如何戰鬥才能立功。立功等於活下來。

可是，三號死了。被我，殺死了。

「嗯。」

是啊，我活下來了……

我抬頭仰望天空。這時，雜訊驅散了感傷的氣氛。

『地堡呼叫寄葉M部隊。聽得見嗎？』

是通訊官的聲音。真難得。雖然不知道其他部隊的情況，通訊官很少直接聯絡我們隊員。平常都是由地堡聯繫教官，再由教官轉達給我們。而現在我直接接到聯絡，代表……

「我是寄葉M部隊，槍擊型四號。聽得見。」

『啊，太好了。我們正在派救援部隊過去。M部隊的教官聯絡不上。』

通訊官說出跟我的推測一模一樣的話。是迫降時失去性命了，還是身受重傷，停止運作？不對，教官不是寄葉型，停止運作等同於死亡……

在我不斷思考的時候，通訊官「啊」輕輕叫了一聲。2B小姐，確認M部隊的位置了——這句話不是對我說的，而是對其他人。

『瞭解。我來接手救援任務。』

通話對象換人了。是陌生的女聲。

『M部隊四號，聽得見嗎？』

「聽得見。」

『我是寄葉部隊二號B型。正在前去救援。把現場的狀況傳過來。』

「二號……B型？」

我下意識回問，因為那是從來沒聽過的型號。

『B型是新配置的泛用機種。身兼攻擊型及槍擊型的職責。』

泛用機種。B型是Battler的第一個字母嗎？也就是說，攻擊型、槍擊型這兩種類別變得沒意義了。

『當攻擊型的才能和當槍擊型的才能，全是你比較優秀！』

這聲吶喊，只能用悲痛欲絕來形容。三號那麼堅持，把我們兩個玩弄於股掌之間的兩種特性。雙方都變得沒意義了。

既然如此，三號，你死的意義呢？

『你們遲早也會更換配備吧。』

沒意義。一開始就沒意義，未來也一樣。更換配備嗎？不管換成哪種類型，都沒意義了。

「這樣啊。我們是失敗機種的意思……」

通訊還沒切斷。對方說了好幾次「把現場座標傳過來」，但我沒有回答。不回答也沒差吧。從地堡查明我的所在位置，沒什麼難的。

三號死不死，我有沒有活下來，或許都不會有任何改變。我們生存的意義，一個都找不到……

我切斷通訊，拿下護目鏡。靠著樹幹，抬頭望向樹梢。

啊啊，天空好藍。

【紀錄：九號／森林地帶・輸送機迫降地點】

二號自爆後，我動彈不得。什麼都不想思考。要是沒有二十二號在，我可能會一直坐在原地……

我想著必須幫傷勢嚴重的二十二號做應急處置，所以才有辦法站起來。動動手，心情便稍微輕鬆了一些。

「有人在發送救難訊號……」

二十二號看著SS說。

「這是寄葉部隊的代碼。」

還有其他倖存下來的人。既然如此，我必須去救他們。因為幫大家治療是我的職責。只要我還活著，那就是我的任務。即使M部隊瓦解了。

「救難訊號的位置在？」

該不會在附近？我不經意地環顧四周，看見有個東西反射陽光，閃了一下。

「那是？」

我並沒有預料到。可是，回過神時，我已經站了起來。為了撿起那個東西。

「二號的……SS……」

不曉得是自爆時震飛的，還是跟二十一號交戰時被打飛的。經過那麼激烈的戰鬥，SS卻毫無損傷。

總是掛在二號手腕上的東西。他的手雖然纖細，卻強而有力。如今，那雙手的主人已經不在了。只剩毫髮無傷的SS……

「SS。刪光二號的資料。」

我命令SS，二十二號驚訝地看著我。

「沒關係，這樣就好。」

伺服器留有二號的資料，表示司令部可能會把二號拿來重新利用。但他會希望這樣嗎？以暗殺者的身分被派過來……令二號感到痛苦。他會希望自己再度以暗殺者的身分復活嗎？

然而，資料並沒有如我所願地刪除掉。

「無法刪除資料。」

SS的回答，害我懷疑自己有沒有聽錯。

「實驗成果資料必須全數回報給人類議會，因此無法在未得到地堡司令官許可的狀態下刪除。」

記錄在SS裡面的聲音不只這些。

「要件如下。變更攻擊型、槍擊型、治療型各系統之運用。決定採用開發中的隨行支援裝置。寄葉男性型機種攻擊力雖然優於女性型機種，在組織協調性上缺乏穩定性，因此製造戰鬥機種時，以女性機種為中心。實驗M部隊於最終訓練後再次格式化。」

再次格式化？格式化我們的自我資料？活到現在的我們……會消失。活下來的我和二十二號，以及另一位發出救難訊號的隊員，都會被消除掉。這樣，與全滅無異。

而且，這次連我都無法生還。不過換個角度想，我終於「加入」大家了。

「寄葉男性型機種，全數重新登錄為掃描型。完成上述所有任務前，不允許E型機種回到地堡。完畢。」

聲音中斷後，我啞口無言。我始終一無所知。什麼都沒懷疑過。沒懷疑過在地堡的訓練，沒懷疑過教官說的話。隱約察覺到司令部的做法不太對勁，還是沒去懷疑。

「我們……真的，只是白老鼠……」

二十二號講不出話來。儘管讓二十一號死去的，是敵人的邏輯病毒，就算沒感染病毒，我們遲早會被消去。跟用完就丟的實驗用動物一樣。

二號剛才笑著說我傻。一路以來，獨自背負太過沉重的真相的你，是懷著什麼樣的心情講出這句話的呢？

二號的ＳＳ再度響起，彷彿要回答我心中的疑問。

『欸，九號？』

我倒抽一口氣。是二號的聲音。我差點問出「你在哪裡」，閉上嘴巴。

『如果正在聽這段訊息的人是你，我會很高興。』

是二號的語音資料。不是活著的二號本人在說話。這段訊息到底是什麼時候錄的？

『我一直在對你說謊。做為代價，我似乎會失去性命。不過，我一點都不寂寞。』

「二號……」

『我總是在想，反覆經歷死亡與再生，我們的靈魂在哪裡呢？靈魂？啊啊，我從來沒想過喔，二號。我只是想救大家，想讓大家復活。光這樣就分身乏術了，沒有再去深思。所以，知道一切後，我非常驚訝……我真傻。

『九號，你體內應該留有我資料的備份檔。希望你把它刪了。』

我反射性按住胸口。是嗎，你都看穿了。我打算一直偷偷帶著你的資料。

你不想再回去當暗殺者，所以我本來想刪掉ＳＳ裡的資料。可是，存在於我體內的你的資料，不會交給司令部。那是只屬於我的東西。為了總有一天，能與你再次相見。

不是身為E型的你，而是單純的二號機種的你……

『用不著這麼做，我覺得我遲早會再見到你。在那之前，先說再見了……再見。』

真的？你真的這麼覺得？二號，刪掉這份資料，我們還是能再見面嗎？

對喔。我也馬上要被消去了。就算我珍惜地留著你的資料，也沒辦法保存下來。既然如此，不如相信你說的話。只相信你說的那句「遲早會再見」。

「太陽的，光。」

聽見二十二號的聲音，我望向天空。白雲不知何時被風吹散，頭頂是一片藍天，陽光好耀眼。真想讓你看看這道光。真想牽著你的手，走在這道光芒下。

「二號……」

再也聽不見二號的聲音了。但我還是想見你。總有一天，再見你一次。在這種明亮溫暖的場所。

我靜靜握緊二號的SS。

終章

少年寄葉 Ver..1.05

『地堡呼叫寄葉M部隊。聽得見嗎？』

剛聽完二號的SS裡的錄音檔，我的SS就收到訊息。或許是因為這樣吧，我不小心過度警戒，沒有立即回應。

『寄葉M部隊，請回答。寄葉M部隊？』

這名通訊官的聲音我聽過。語氣沉穩，卻讓人覺得有點冷漠的人。

「不好意思。我是槍擊型二十二號。聽得見。」

『請回報現在狀況與當地座標。』

「九號及二十二號兩名生存。二號及二十一號兩名感染邏輯病毒……自爆。」

二十一號想帶著我們一起自爆，被二號撞飛，掉到懸崖下。二號為了避免病毒傳染給我們，自己拿劍刺進胸口，同樣摔下懸崖。

可是，不需要說明這些。通訊官只簡短回答「這樣啊」，沒有繼續追問。

「那個，除了我們以外，有沒有其他生存者？」

『已確認槍擊型四號生存，救援部隊正在前去救援。』

「還有嗎？」

『目前無法得知。已知的生存者，包含你們在內只有三人。』

我正準備問三名抵抗軍的安危，最後決定作罷。因為他們三個是逃兵，即使還活著，也不會聯絡司令部。肯定在救援部隊抵達前，就趕快躲起來了。

『請兩位在原地待命，等待救援部隊抵達。』

「之後呢？我們會怎麼樣？」

『由救援部隊回收後，回到地堡修理及更換裝備——我是這麼聽說的。』

「是嗎……我明白了。」

實驗結束了。活下來的四號前輩、九號和我，都會被處分掉。早知如此，跟二十一號一起走是不是比較好？我開始產生這種念頭。

欸，二十一號。你說你覺得我很可憐的時候，九號叫我不可以聽你說話。但我早就知道了。很久以前就知道了。

畢竟那都是事實。我沒能通過攻擊型的測驗，跟你比我優秀，都是事實。我一直覺得自卑，你一直覺得我可憐。這是當然的吧。我全都知道。

因為我們是雙胞胎機種。跟你比我更瞭解我一樣，我也比你更瞭解你。

所以，感染邏輯病毒的你說出那句話的時候，我有點高興喔？因為，這代表你覺得這些話不能當著我的面說對不對？你覺得說出來會傷到我對不對？

要是沒有因為邏輯病毒的關係失去控制，你應該到死都不會講出口吧。為了保護我渺小的自尊心。你真溫柔。

果然該跟你……

「二十二號？你怎麼了？」

「嗯？噢，沒什麼，九號。」

九號不知何時坐到了我旁邊。

我跟通訊官的對話，照理說他也有聽見。或許是因為這樣吧，九號的聲音比平常更低沉。

「只剩三個人了呢。」

教官、三號前輩、六號、二十一號，還有二號，大家都死了。我們也很快就會消失。

果然該跟你一起去的。就算那樣會違反命令。就算那不是正確的行為。

因為，我喜歡你。

「二十一號……」

你現在在哪裡？你的靈魂在哪裡？我想快點到你身邊。

＊

感覺像在下雪……

那是，誰說過的話？想不起來。非常，非常……懷？懷、念？那個詞叫什麼？

這裡是，海底。我，知道。呃……發生爆炸，我被炸飛了。我記得。不是海底。森……森……森林。森林裡面。好痛，好痛，動不了，我像石頭一樣，在地上滾動。

回過神時，我被機械搬走了，搬到很遠很遠的地方。搬到海中。

好寂寞。好寂寞。我不要一個人！

我不要……一個人待在又冷，又安靜的海底。明明，＊＊＊……應該要在我身邊的。

我一哭，就有一臺大機械走過來。非常，非常……大的機械。

一起，吧？一起，走吧？

一起……啊啊，不對。不是你。雖然想跟你一起，但不是你。我想，在一起的人是……我……

我……我……我，是誰？

誰？這裡，是哪裡？為什麼，不在？

二……二……二十……二十……？二十二號……？

你在，哪裡？這裡，好冷。留在我，身邊……嘛。

二十二？誰？我是，誰？你是，誰？不知道。

不過……希望你……留在這裡。二十……二……號？

二十二號，對了，你的名字叫，二十二號。

來這裡。好冷。二十二號，二十二號，二十二號……

……要去見你，嗎？你身邊，一定很溫暖。去見你吧。

二十二號，你現在，在哪裡？我要，快點，到你身邊……

Flashback

Flashback

〈……剩餘三十秒。〉

倒數計時開始。

仔細回想起來，出廠後的訓練跟測驗，以及之後的任務，不知為何大多都有設置時限。是因為上頭早就決定給予我「指導官」這個頭銜嗎？

『我嗎？』

懷特司令官任命我為指導官的時候，說實話，我感到困惑。我當然知道實驗部隊的存在。女性型寄葉機體的實驗以成功告結，上頭決定編制男性型寄葉機體的實驗部隊，這個好消息在基地裡無人不知無人不曉。

成本固然高，卻是以前所未有的優秀戰鬥能力為傲的最新型機體。做完實證實驗，正式開始運用後，戰況理應會一口氣好轉。背負這麼大的期待的部隊，要由我負責指導？我不太能接受。

『莫非你沒自信？』

司令官的語氣略帶調侃，令我有點不快。因此，我果斷地搖頭。

『不，絕無此事。』

『隊員全是最新型。相對的，你雖然擁有強化過的身體，卻不是寄葉型。要指導明顯比自己優秀的學生，自然會不安。不過，超越教師的學生並不稀奇。人類的學校中到處都看得見。』

這種程度的知識我也明白。我困惑的理由不是這個，而是「為何選了我」。

『別擔心。你不必親自上戰場，要戰鬥的只有他們，你只要待在後方不動就行。不如說，千萬不可以去戰鬥。什麼都不可以做。好吧，什麼都不可以做講得太誇張了，總之你抱持這樣的心態就好。』

司令官的話比平常還多。或許是因為這樣，我不小心忘了問另一件重要的事。為什麼不是妳？聽說前陣子成功的女性型實驗部隊，就是由懷特司令官親自指揮的。如果當時的做法失敗，這次想換個方式，那我還能理解。不過，上一次的實驗是成功的。為何不繼續沿用？

『今後，實驗M部隊全權交給你負責。』

『全權交給我負責，是什麼意思……』

『字面上的意思。當然，下達指令的人是我，但剩下的事統統交給你處理。要是我動不動就插嘴，你也會覺得綁手綁腳吧？』

『勞您費心了。』

我忽然想到，司令官是不是在避免跟M部隊扯上關係？聽說直到最後，懷特司令官都不太贊成成立由男性型機種組成的實驗部隊。然而，她的意見被人類議會駁回了。因為這樣她才不親自指揮嗎？

不過，傳聞終究是傳聞。沒人知道誰加了哪些油添了哪些醋。比起這麼不明確的東西，該高興司令官承諾了她不會多管閒事。

而我發現她的「承諾」其實是預先設好的「防線」，是在不久之後。

〈……剩餘二十五秒。〉

射擊場的測驗區一播放告知剩餘時間的廣播，三號的命中率就顯著下降。放在扳機上的手指則急忙移動起來。

在時限內射完所有的子彈，包含預備彈匣。這次的課題是這個，所以三號的做法並沒有錯。沒射中目標也可以，不停射擊就對了。雖然沒錯，但也不是正確的做法。

乍看之下是「只要努力總會有辦法」的課題，實際上卻準備了略微超出極限的彈數。這是透過之前的測驗結果推算出的數字。

之所以故意讓他們做絕對無法完成的課題，是有正當理由的。這個測驗目的不是測試射擊能力，而是要調查他們什麼時候會發現不可能達成目標，發現後又會採取什麼樣的行動。

四號一下就發現了。最初幾秒射出的彈數、剩餘彈數，以及時限。只要冷靜下來思考，很快就會明白。

如果我在場，他應該會立刻提問，然而這次的測驗以「有助於維持集中力」為表面上的理由，四周沒有任何人。在沒人可以問也沒人可以商量的狀況下，他要如何面對不可能達成的課題？

四號選擇盡量減少彈數，同時提高命中率。大概是把課題的意圖解釋成「被數量超過處理能力的敵人包圍時會怎麼做」。這個判斷很符合四號的個性。

結果，四號剩餘的子彈跟我預測的幾乎一樣。而且全數命中。三號的命中率則低於三成。但剩餘的子彈遠比預計中來得少。

『可惡——！差一點而已！』

三號在時間到的同時躺到地上，十分不甘……也就是說，他完全沒發現我叫他做的是無法達成的課題。這也是很符合三號個性的反應。

順帶一提，之後我也讓其他成員做了同樣的測驗。結果各不相同，大概是反映了他們的個性及行動傾向。

二十一號在看到我發給他的子彈數量時，就從時限及自己的能力，得出無法達成任務的結論。然後一開始就沒有動作。他認為課題本身設計失誤。

六號跟四號一樣，開始數秒後就發現了。只不過，跟四號不同的是，他沒有換成其他做法，而是選擇偷懶。但也沒有像二十一號那樣什麼都不做，而是在剩下的時間內懶洋洋地不停開槍。帶著彷彿在說「白痴喔？」的表情。

二十二號在時間差不多過一半時，頻頻疑惑地歪頭，最後還是繼續進行測驗。推測是對自己「不可能達成目標」的判斷沒有自信。

九號也跟二十二號一樣，在途中發現，之後的反應則不一樣。他拚命開槍。肯定是在想「只要努力就有辦法」、「試試看吧」。話雖如此，戰鬥能力本來就設定得偏低的九號，並沒有像三號那樣有所進步，以意想之中的成績作結。

在這個時候，我明白了接獲不可能達成的課題時，他們會採取什麼樣的行動。但我並沒有好好利用那些資料。假如我能……算了，別說了。講再多也只是馬後炮。

對了，我記得四號正好是在那個時候，要求轉成槍擊型。

四號的理由是「適材適所」。事實上，跟三號比起來，四號遠比他適合當槍擊型。重點在於這是他本人的希望，因此我當場同意了，也沒必要特地駁回。

只是這麼一件小事，但對其他隊員來說，似乎沒有那麼簡單。事後二十一號好奇地問我「四號前輩真的從攻擊型轉成槍擊型了嗎？」我相當錯愕。我知道掃描型好奇心旺盛，沒想到連這種小事他都感興趣。

先不說這個了，三號和四號順利完成了訓練。這時，我開始有點在意「另一名M001」的存在。進度落後的二號。

一開始就有人告訴我，基於任務的特殊性，需要時間調整及訓練隊員。

二號的機種是E型。任務是破壞寄葉機體。聽說是要防止在戰場上失去行動能力的機體被敵人擄獲，導致機密外洩。

至於二號的訓練過程，連我這個指導官都不能隨便去參觀。訓練及調整內容我大概知道，不過想到現場的話，需要徵得高層的許可及辦理各種手續。也就是說，那被當成最重要的機密。

最後，我決定在突入大氣層測驗時與二號接觸。使用成本高的空降測驗裝置，嚴格規定了使用時間。在測驗開始前或結束後到機庫，一定遇得到二號。

『二號。』

我在機庫叫住他，二號並沒有特別驚訝，默默轉過身。面無表情地跟我敬禮，我反而比他更不知所措。

他跟M002的隊員一樣，是擁有少年外表的機種，但他跟其他四人實在差太多了。雖然若要問我具體上差在哪裡，我也不知道該如何回答。

『沒事。不好意思把你叫住。』

二號行了一禮，轉身跑向飛行裝置，搭乘。動作之安靜、俐落，令我嚇了一跳。

原來如此，這是暗殺者的動作。事實上，之前看過一遍二號的資料時，掃描型二十一號和治療型九號也就算了，我對於他能否殺掉攻擊型和槍擊型的隊員抱持疑惑。雖說義體經過強化，他跟成年男性型的三號及四號體格差太多了。更重要的是，身為指導官的我，比誰都還要清楚那兩個人的身體能力有多麼優秀。

然而，全是我杞人憂天。光看站姿就看得出來。調整進度之所以會落後這麼多，是為了藏住他的力量吧。同時也得花時間學習如何偽裝成D型機種，肯定沒錯。

處刑機種的存在是眾所皆知的事實，但在已經確定目標的情況下，會隱瞞機種。為了避免遭到警戒。

二號不是E型，而是以D型的身分編進隊伍裡，這個事實決定了實驗M部隊的下場。隊員們會在實驗結束後遭到處分……這個殘酷的下場。

〈……剩餘二十秒。〉

倒數計時害人連回憶的心情都沒了。

來不及了——二十二號的叫聲透過通訊機傳來。近似慘叫的叫聲。想當然耳，我從來沒聽過來自前線的報告是語氣平靜的。三號是怒吼，六號及二十一號是不悅的語氣，連四號講話速度都會變快。

然後是沉默。緊接著，聽見類似地鳴的聲音。大型機械生物自爆了。這次的作戰計畫是駭進出現在沿岸的敵人，強制轉為自爆模式，將其破壞。想解決槍械幾乎無法造成傷害的大型敵人，只有這個方法。

不過，切換成自爆模式到實際爆炸之間的時間，比想像中短許多。結果，負責駭入敵人的二十一號跟擔任護衛的二十二號、三號，都被捲入爆炸。

此外，三百四十秒前，同行的六號去阻擋敵人的增援部隊……死了。

由四號保護的九號前去回收義體時，我立刻開啟連接司令部的通訊線路。

『司令官，關於我之前寄給您的報告書——』

我沒能講完這句話。司令官一句『駁回』，就打斷了我說的話。雖然打著報告書的名義，內容更接近抗議書。因為我寫了一大篇，要求司令部撤回欠缺計畫性的作戰命令。

『不同意變更作戰計畫。』

『可是，這次又跟上次一樣……』

『因為這次也全滅嗎？這全在計畫之中。』

『計畫不斷折磨他們？還是計畫將他們派到絕對贏不了的戰場？』

他們被派到的是充滿凶惡機械生物的戰場。跟射擊訓練場的測驗區內截然不同。

『你忘記實驗目的了嗎？這都是為了之後的寄葉部隊隊員。實驗M部隊共有六人。這六人的犧牲，可以拯救上百、上千名隊員。從這個角度來看，這也是無可奈何……不對，是理所當然的吧？』

那六個人是名為壓力測試的受驗者。目的是測試寄葉機體的男性機種，面對何等程度的敵人會敗北的實證實驗。只要知道敗北與勝利的分界線，即可有效地將寄葉型機體投入戰場。為了讓運用成本高的寄葉型實用化，這是不可避免的實驗。我明白。

更重要的是，把將來會製造出來的寄葉型數量，和實驗M部隊的犧牲放在天秤上，天秤會往哪一邊傾斜不言自明。但對於一直看著那六個人的我而言，沒那麼容易看得開。

『不能中止或撤退的話，至少派援軍來。』

『駁回。這樣實驗就沒意義了。』

『可是……』

『這是人類議會的決定。』

人類議會。搬出這個名字，我只能閉上嘴巴。人類議會的決定是絕對的，無法顛覆。

『還有，二號調整完了。預計這幾天下到地面。詳細內容我之後再下達指示。完畢。』

『請等一下！司令官！』

通訊已經中斷了……

之後我依然沒學到教訓，繼續聯絡司令部。可是，沒辦法跟司令官取得聯繫。

『司令官說關於這件事，全權交給布萊克教官處理。』

通訊官冷淡地說，中斷通訊。我到現在才終於理解「全權交給你」這句話的意圖。

儘管如此，我還是沒有放棄，再三寄信給司令官。太過嚴峻的戰場，可能反而導致士氣下降，可能在精神方面造成不良影響，負責偵察詳細的敵情、收集情報，制定作戰計畫的掃描型，也屢次申請中止作戰……諸如此類。

當然從未收到回應。

〈……剩餘十五秒。〉

在山岳地帶跟四號的通訊內容，異常鮮明地殘留在腦海。我和實驗M部隊，就是在這裡踏上了不歸路。所以才會……

離突入還有十五秒。交戰中的四號只回報了這麼一句話。也就是說，再十五秒即可掃蕩洞窟四周的敵人。跟其他戰場比起來還挺弱的。

我心想，這樣看來，就算二十一號跟二十二號受傷，也能繼續執行作戰。

山岳地帶的救援作戰，跟之前進行的壓力測試不太一樣。隊員們當然不知道。我只有告訴他們，要救出在敵陣中孤立無援的當地士兵。

這次的目的不是測試，而是回收二號。來自山岳地帶洞窟內的救難訊號，是收容二號的緊急逃生艙發出的。救出當地的士兵，僅僅是表面上的理由。

從地堡射出的二號，在突入大氣層的同時遭到敵人偷襲，利用逃生艙緊急避難。不幸的是，降落地點在敵軍的正中央。

偵測理論上來說敵人數量最少的地點，是逃生艙的標準功能，看來那個功能並未發揮作用。或者是偵測完設定好路線，敵人才大規模移動。

只不過，逃生艙從墜落地點移動了數十公尺，進到洞窟內部。逃生艙沒有在地上移動的功能，所以八成是有人把它搬進洞窟的。問題在於，那座洞窟被敵人包圍，絕對稱不上「安全」。

無論如何，回收二號都伴隨危險性。再加上這塊山岳地帶的敵人學習力似乎挺高的，對待在後方的九號他們發動奇襲。要是三號跟四號沒有察覺異狀，掉頭回去，想必會受到重創……

『六號，你先去開路。二十二號支援他。九號和二十一號跟在後面！』

『瞭解。』

六號輕快地飛奔而出，腳有點拖在地上的二十二號則跟在後面。與九號並肩而行的二十一號也有點站不穩。是剛才遭到偷襲時受的傷。

他們不知道自己要去救出的人是誰。也不知道對方同樣是寄葉型人造人。假如他們知道自己不惜受傷也要去救的人，是來殺自己的處刑機種，會怎麼想？

我想起六號那句「要是救援對象死掉就輕鬆了說」。

豈止輕鬆，要是救援對象死掉，你們會因此撿回一條命。不，就算二號死了，地堡的伺服器還留有自我資料的備份檔。只要將它安裝進新的義體，再次下到地面即可。可能會比預定時間晚，但結果不會改變……

一衝進洞窟，我們就遭受敵人的轟炸、真的跟「當地的士兵」會合，接連發生出乎意料的事，不過還是成功達成了本來的目的——回收二號。
三號、六號、二十一號對遲來的第七名隊員抱持戒心。四號、二十二號則選擇觀望，毫不警戒的只有九號。
至於我，說實話，我一點都不歡迎二號。儘管我是他名義上的長官，二號是聽從截然不同的指揮系統行事。
『您無權得知。』
他回答的語氣很冷淡，明白地拒絕了我。或許是因為這樣吧，我不小心講出幼稚的話。
『對同伴產生不必要的感情，小心到時下不了手。』
話一說出口，我就後悔了。因為我發現，那是我自己的願望。希望他產生不必要的感情，希望二號到時下不了手殺隊員們……
產生不必要的感情的人，是我。教師與學生。明明這只不過是暫時的關係。隊員們一開始就決定要處分掉了。講得直接一點，他們和我之間的關係，類似實驗動物與飼育員。照理來說。
即使如此，我仍然不想讓他們被殺掉。希望實驗結束後，他們也能做為極其普通的小隊繼續存在。在與能力相符的戰場上，執行難歸難，卻絕對不是不可能的作戰。雖然他們有缺點，又性格乖僻，只要好好運用，應該能創下超出能力範圍的戰果……

思及此的瞬間，我意識到自己強烈希望他們活下來。

僅僅六人，對上數百、數千名寄葉隊員。以數量來說，是屈指可數的少數，對上壓倒性的多數。然而，那些少數是我的學生。無法跟素未謀面，甚至還不存在的多數相比。

準確地衡量眼前這六人與陌生的數千人的價值，也許才是立於眾人之上者該有的態度。懷特司令官做得到。但我沒辦法。

話雖如此，若要問我在現場是不是稱職的領導者，也不能說是。對隊員們而言，我只不過是負責傳達司令部命令的木偶。不管他們要求中止作戰，還是要求派遣援軍，我什麼都做不了。有沒有我都一樣。

同為「什麼都不做的隊長」，抵抗軍的隊長卡克特斯和我截然不同。

我對他的印象是非常隨便、不可靠。技術方面全丟給洛塔斯處理，戰術及判斷則丟給弗羅克斯。比我更一事無成。這樣還自稱隊長，令人傻眼。我還心想雖說是奮戰多年的抵抗軍，逃兵也只不過是這種程度。

不過仔細一看，並非如此。「什麼都不做」，在我和卡克特斯身上的意義不一樣。

光是卡克特斯在那邊，弗羅克斯跟洛塔斯就會放下心來。無論他做什麼還是什麼都不做，只要他在那裡就好。要讓同伴這麼看待自己，該有多麼困難啊。
雖然這只是我的想像，眼前的少數與陌生的多數，卡克特斯會毫不猶豫選擇眼前的少數吧。這也是隊長該有的態度。
『你是個優秀的隊長。』
我這麼對他說的時候，卡克特斯露出有點彆扭的表情，所以我想他本人可能沒有自覺。
眼前的少數，與陌生的多數，我兩者都無法選擇。但先不論這個，我是不是還能做些什麼？是不是該更關心隊員的動向？
例如掃描型二十一號可能會為了擬定作戰計畫，試圖收集過多的情報。如果我能早點想到這個可能……
撇除這一點，二十一號面對那個「無法達成的課題」時，判斷那是出題失誤，一開始就放棄行動。那暗示了他「如果自己接獲的命令有誤，就不會聽從」的行為傾向。我是知道的，卻疏忽了。
倘若我有注意二十一號的動向。倘若我在事前就發現。我忍不住這麼想，卻沒能阻止他。
『教官，沒人在問您的意見。這是政變。』
他的表情及語氣一如往常，說出決定性的那句話。不僅如此。二號的真實身分，二十一號也發現了。

『遲早得跟你戰鬥……二號。我全知道了。』

即使能防止他發起政變，大概也改變不了同伴互相殘殺這個結局吧。就算輸送機的目的地不是地球另一側，而是大本營。頂多只有誰殺了誰會有差異。

事實上，搭乘輸送機前，二號就已經開始行動。於跑道移動的期間，他一直在找機會對九號下手。

八成是想在起飛前殺掉九號，再若無其事地上機。如果有人問為什麼沒看見九號，說他受傷，在其他房間休息即可。之後只要找機會一個個殺掉……肯定是這樣的計畫。

二號的誤算，大概是我妨礙了他。本來我必須旁觀。不管二號在九號背後想做什麼，都不能出聲。

可是，我叫了『九號！』。不僅如此，還下意識拔刀……我真愚蠢。明明兩者都無法選擇，什麼都做不到，還只會多管閒事……

二號在九號回頭前收刀，一臉什麼事都沒發生的樣子跑向前。但我並沒有因此鬆一口氣。我明白，這只是暫時的安全。

就結果來說，二十一號、三號、六號策劃的政變，以失敗告結。不僅沒有人追隨他們，用來逃走的輸送機還墜落了。

不過，我的任務尚未結束。儘管實驗M部隊瓦解，摔出輸送機，連隊員的安危都不清楚。

我還活著，三名抵抗軍也活著……在敵方機械生物群的正中央。

卡克特斯、弗羅克斯、洛塔斯只是碰巧躲在二號墜落的地點，被捲進來的。除去他們是逃兵這一點，這三個人並沒有錯。所以，我有義務把他們三個送到安全的地方。

我不想拋下同胞逃走，重點是，輸送機墜落是我的學生闖的禍。也就是我的責任。

我一面保護卡克特斯他們，一面戰鬥，但敵人太多了，再加上地形不利，背後是懸崖。不久後，我們被敵人包圍，如字面上的意思被逼得無路可退。

包圍網忽然被突破了。六號出現，僅憑一己之力殲滅在場的敵人。然而，六號不是來救人的。正好相反。

他對我射出投擲用小刀，大笑出聲。眼睛轉變成象徵被敵人的邏輯病毒汙染的顏色。

『因為大家等等就會被我殺掉。』

六號本來就很強了。近距離戰鬥的能力拔群。一旦他的機體強制解除限制器，根本沒人制得住。

『有沒有寄葉型的證明——高功率反應爐「黑盒」，是差很多的。』

他說得沒錯，我束手無策。六號的戰鬥資料記在我腦中。他戰鬥時的習慣跟弱點，照理說我也知道。我的劍卻輕易被彈飛，狼狽地摔在地上。擁有能力遠遠凌駕於自己的學生……會讓人深深體會到自己有多無能。

不只我，六號的凶刃還指向三名抵抗軍。試圖抵抗的弗羅克斯，以及利用機械生物殘骸反擊的洛塔斯，都應付不了他。最後，兩人都被感染病毒的卡克特斯射中。卡克特斯對自己開槍，墜落懸崖，大概是失去了自我，仍舊記得隊長的責任……

將無關人士捲進來，還害他們喪命的悔恨，比六號的刀刃更令我痛苦。要是病毒繼續擴散，六號會危及到其他人造人吧。

『教官，剩你一個了耶？』

必須阻止他。無論如何。可是，要怎麼做？

『要讓我好好享受喔？』

怎麼做才能阻止六號？

……………

教官——聽見六號叫我的聲音，我回過神來。我似乎因為同時流失大量的體液，差點失去意識。

不，或許是痛覺導致AI混亂的關係。痛覺遭到強烈的刺激，而且還持續了一段時間。這樣下去，在身體機能停止前，我會先無法維持意識……

「教官！教官！教官！」

六號在笑。瘋狂大笑，在我身上亂砍。我連動都動不了，更遑論反擊。六號很清楚什麼樣的攻擊方式，能讓痛覺殘留最久。

「欸，教官？」

得想點辦法。得阻止六號。六號本來就被賦予攻擊性的性格及殘虐性，以強化攻擊型的適應性。殺掉我後，他會在地上徘徊，尋找下一個獵物吧。一面虐殺同胞，直到失去動力，機體停止運作。

我不希望再出現犧牲者。可是，大腦無法運轉。想思考現在的事，過去的記憶卻在妨礙我。痛覺使我意識開始混亂了嗎？

「你懂嗎？我就喜歡這樣。」

我想起他笑著說「雖然是攻擊型，但我還會很多其他特技喔」時的表情。是跟M001第一次見面的時候吧。

「啊，不是因為病毒汙染，導致我腦袋變得不正常喔？我從很久以前開始，就喜歡這樣了。」

我想也是。很久以前，你就顯露出扭曲的嗜好。記得是在……分配ＳＳ給你們的時候。

『剛才掃描病毒的時候癢癢的，有點舒服，方便再來一次嗎？最好到可以兩人獨處的地方。』

ＳＳ？掃描病毒？

某個念頭突然浮現腦海。可是，左半身傳來劇烈的疼痛。我已經分不清哪個部位被他用哪種方式摧殘了。

還不行。還不能失去意識……快要想到什麼了。用來阻止六號的，某種方式。

「我倒覺得我有沒有被汙染都一樣。」

是什麼……在六號說過的話裡面……

『有沒有寄葉型的證明——高功率反應爐「黑盒」，是差很多的。』

對了，反應爐。ＳＳ。掃描病毒。

做得到嗎？在不被六號發現的情況下？不知道。但別無他法。既然如此，有一試的價值。

開始改寫程式……

這時，六號探頭盯著我的臉。他察覺到了嗎？

「我一直很想跟教官培養感情……不對，折磨教官。」

不是。沒問題。六號現在只想著要如何折磨我。宛如拿到玩具的孩童。

「來嘛，跟平常一樣命令我嘛？教官？」

慣用手……勉強動得了。我一邊注意不要被他發現，將手伸向刀。

「還是你嫌不夠？」

我假裝要反擊，把刀扔出去。雖然使不出力氣，勉強刺中六號的左臂了。六號露出不屑的笑容。

「這種攻擊怎麼可能會有效？」

嗯。有沒有效都無所謂。我只是需要當成媒介的東西。開始掃描——我對ＳＳ下達指示。

「掃描？」

六號納悶地皺眉，突然神色大變。

「你做了……什麼！」

「我拿刀當媒介，啟動了ＳＳ的身體掃描程式。」

六號停止動作。這本來就是用來掃描病毒的程式，稍微改寫一下，就能搶走機體控制權。

「抱歉。花了點時間改寫程式。」

安心感使我身體瞬間脫力。我吐出一口氣，感覺到彷彿被緊緊掐住的痛楚，但我沒去在意。反正不久後就會消失。

「我動了點手腳……讓反應爐的黑盒失控。」

〈離反應爐失控，剩餘十秒。〉

六號面容扭曲。剛才得意的表情消失得無影無蹤。六號的思考速度僅次於掃描型二十一號。用不著做粗略的說明，他肯定也能正確理解狀況。

「這樣連你都會被捲進去……」

那當然。事已至此，我不會想獨自苟活。

〈離反應爐失控，剩餘七秒。〉

沿用機械生物的核心製成的黑盒，輸出功率雖然高，失控時的破壞力也相當強大。不過，這裡離輸送機的迫降地點約九百公尺。離得這麼遠，應該不至於波及其他隊員。

「放心吧。學壞的學生，我會負責照顧到最後。」

我想忠於職守……不對。我只是希望至少在最後一刻，讓我表現得像個教官。
僅此而已。

〈離反應爐失控，剩餘三秒。〉

「給我停下來……停下來停下來停下來停下來啊啊啊啊啊！」

六號神情緊繃。雖說他在戰場上經歷了無數次死亡，之後將面對的是從未體驗過的，死。再也無法復活。自我、記憶，統統會永久消除。他大概是在害怕這個。

我擠出剩下的力量將手伸向他，卻碰不到。本想把手放到他肩上，可惜這樣就是極限了。不過，我在這裡。終於做出了選擇。選擇眼前的少數，而不是素未謀面的多數。

這是我能為學生做的，最初也是最後的……

SS的聲音，刻下了死期。

1194×年，尋寶之旅

1194×年，尋寶之旅

叫。

「嗚嗚嗚嗚！救命！救命！救命啊啊啊！」

卡克特斯的尖叫聲，被風聲與海浪聲蓋過。仔細一看，旁邊的弗羅克斯也在大叫。

「……啦，隊……」

他說的似乎是「幹麼啦，隊長」。卡克特斯怒吼道「沒事！」但這句話應該也傳達不到吧。弗羅克斯做出「咦」的嘴型。一起攀在支柱上的洛塔斯也是。

海面忽然隆起，變成圓錐形。起初他還在感嘆「巨浪近距離看是這種形狀啊」，現在海面一隆起，尖叫聲就從口中傳出。

「哇——！會死——！」

他知道下一刻會急速下降。因為這個過程已經重複過好幾次了。不曉得他們被狂風、暴雨、巨浪摧殘了幾個小時？早知如此，真不該出海。卡克特斯後悔莫及。

他們撿回一條小命，逃出山岳地帶，已經是很久以前的事。之後在內陸經歷了一段漫長的旅程。目的當然是尋寶。

搭乘用大型機械生物的殘骸改造而成的「洛塔斯式戰車」——最近洛塔斯好像喜歡把東西命名為「洛塔斯式××」——結果不到三天就嚴重損毀，害他們大吃苦頭，試乘「洛塔斯式戰車改」又立刻壞掉，學不乖的洛塔斯搞了臺「洛塔斯式戰車改二」……相當刺激的旅程。

然而，根本沒找到寶藏。即使如此，他們依然努力前行，來到看得見海的場所。忘記當時提議「乾脆過海看看好了」的人，是自己還是洛塔斯了……

算了，那不重要。只不過，想出海的話，應該要使用適當的交通工具。看到洛塔斯設計的名為「木筏」的小船，實在很令人不安。

據說，木筏是人類文明中極為傳統、主要的海上交通工具，實品卻只是拿幾根圓木綁在一起固定的簡單工具。唯一的裝飾似乎是在中央立支柱，掛上三角形的布。建造成本是壓得很低沒錯，但安全性是不是也只有最低限度呢……

不過，在「洛塔斯式高速引擎」運轉的期間還算不錯。於晴朗的天空下，以時速二十四節航海，挺舒服的。

但出海後的第三天，引擎突然停止運轉。

『喂，怎麼了？』

『引擎好像怪怪的。是因為高濃度的鹽分吧？還是因為水分？』

『趕快修一修不就得了？』

『沒有修理用的零件。』

『總會有備用零件吧？』

『剛才被隊長扔進海裡囉。』

『咦？』

『隊長拿去砸鯊魚型機械生物的箱子，裡面裝了一整套零件。』

被人怨恨地看著，卡克特斯移開視線。

不幸是會接二連三而來的，氣候突然惡化。海面在他們驚慌失措的期間開始翻騰，平坦的海面一下變成山，一下變成谷。木筏被洶湧的浪濤玩弄，才剛被推起來好幾公尺，接著又一口氣落下好幾公尺……

就在這時，特別高的巨浪將木筏抬起。瞬間被抬到從未有過的高度，令人有股非常不祥的預感。

「哇——！哇——！哇——！」

絕對會死很慘——卡克特斯這麼想的時候，已經身在海裡。昏過去的前一刻，他才意識到木筏翻覆了。

＊

「隊長，該醒了啦。」

弗羅克斯的聲音叫醒了他。陽光好刺眼。

「啊!?剛才那是夢!?是夢對吧!?啊啊，幸好是夢！還以為會死……哈啾！」

打了個噴嚏。好冷。全身溼答答的。

「不是夢。我們掉進海裡，漂流到這裡。」

「這裡……是，哪裡？」

「誰知道？」

弗洛克斯聳了下肩膀。至少看得出不是南島。沿岸的植被不是熱帶，而是溫帶的。望向海面，水泥製的建築物從底下探出頭來。而且有好幾棟。這塊地區在人類文明時代，應該是頗有規模的大都市。雖然現在統統沉入水底了。

「嗯？洛塔斯呢？他跑去哪了？」

「老樣子去撿破爛。畢竟我們的武器全掉到海裡。得快點讓他做點東西出來。赤手空拳太危險了。」

弗羅克斯說得沒錯，預備彈匣、折疊式小刀，全都消失得乾乾淨淨。連纏在腰上的零錢都不見蹤影。卡克特斯感覺到自己的肩膀垂下來了。

「唉，看來沒時間尋寶囉。」

「總而言之，我們都還活著，已經賺到了啦。」

「是沒錯。」

「之後會有好事發生的。隊長，來這邊。」

卡克特斯乖乖跟著弗羅克斯走。每踏出一步，鞋底就陷進地面，大概是整塊地都鬆掉了。不久後，弗羅克斯在傾斜的小屋前停下腳步。

「請在這休息。我去巡視。啊，不可以亂跑喔？因為不知道哪邊有敵人。聽到沒？請你待在這裡喔？」

「你把我當小孩喔。」

弗羅克斯無奈地對鬧起彆扭的卡克特斯說：

「就因為你不是小孩，我才會擔心。你總是喜歡一個人亂跑，還會不小心晃進危險的地方，而且……」

「好啦！知道了，真是！」

卡克特斯半是自暴自棄地心想，無論如何我都不會離開，死都要乖乖待著。

＊

「這一帶的敵人全是從來沒看過的形狀！看，這個零件！那邊跟這邊也有！」

一撿完廢鐵回來，洛塔斯嘴巴就沒停過。之後回來的弗羅克斯一句話都插不上。

「而且啊，機械竟然在走路耶！」

「機械當然會動啊。哪裡稀奇了……」

「不是會動！是會走路！」

「呃，會走路的機械有很多吧？」

山岳地帶也有跟昆蟲一樣的多足步行型機械。是相當棘手的敵人。不過，洛塔斯果斷地搖頭。

「不是啦！是用兩隻腳走路的！兩隻腳輪流踏出去走路！知道嗎？這是新的進化！人類的祖先獲得雙足步行這個行動模式，進化了！機械生物也在試圖踏上同樣的進化之路！」

那又如何？下一個是學說話？機械會學會說你好嗎？卡克特斯還沒吐槽，弗羅克斯就先開口。

「對了，說到從來沒看過，我也看到了奇怪的敵人。」

這句話勾起了洛塔斯的好奇心。

「怎麼個奇怪法!?形狀嗎!?動作嗎!?」

「啊——都很奇怪。」

「哪裡!?」

「沒啦，不是哪裡特別奇怪，是整體的形狀怪怪的……」

「不是，我是問你在哪裡看到的!?」

「我想想——那邊，吧？不過是很久以前……喂！」

洛塔斯沒把話聽完就衝出去了。弗羅克斯「糟糕，不小心打開他的開關」板著臉站起身。不可能叫他回來，所以只能追上去避免人不見的意思。

「來，隊長拿著這個。」

「嗯？鐵棒？」

「雖然只是拿心安的，有總比沒有好。」

槍跟裝備都被海浪捲走，手邊連一把小刀都不剩。理應要快點把新武器做出來的洛塔斯，被神祕的機械吸引住，完全沒那個心思。好吧，洛塔斯性格善變也不是一天兩天的事。弗羅克斯就是猜到這一點，才會在巡視時順便撿鐵棒回來吧。

「呃！他已經跑到那裡去了！還在爬懸崖！」

弗羅克斯急忙飛奔而出。卡克特斯心想「我還想說死都要乖乖待在這耶」，也跟在後面。

*

爬上有一定高度的懸崖後，他們追上了洛塔斯。洛塔斯一心想著那個「奇怪的敵人」，爬上懸崖，卻到處都找不到最重要的目標，開關關閉了。他癱坐在地上。

「弗羅克斯先生——！根本沒看見從來沒看過的會變形合體的敵人嘛！」

「我又沒說得那麼誇張。」

確實，弗羅克斯只有說「整體的形狀怪怪的」。可是這句話在洛塔斯腦內，似乎轉換成了「變形合體」。

「明明就有！」

「跟我講也沒用。」

被洛塔斯憤怒地看著，弗羅克斯困擾地搔搔頭。

「對啊。弗羅克斯從來沒說過懸崖上有奇怪的機械。」

卡克特斯在完美的時機向弗羅克斯伸出援手。幫弗羅克斯說話這種情況，恐怕一百年都不一定有一次。然而——

「啊，不是啦。」

弗羅克斯本人卻搖頭否定。

「奇怪的敵人是在懸崖上沒錯。」

「搞什麼，喂！虧我想幫你講幾句話！」

「只不過，他用很快的速度跑走，我想已經不在了吧。」

洛塔斯的雙眼立刻重新綻放光芒。

「很快的速度!?真的嗎!?」

他好像又開啟了奇怪的開關。

「走吧！去找！去找會用很快的速度變形合體的敵人！」

洛塔斯看起來隨時會跑掉，弗羅克斯抓住他的衣領。大概是不想重蹈剛才的覆轍。

「好啦。知道了，等一下。在那之前先找水。找水源！」

經他這麼一說，他們上次喝水是在海上起風浪前。然後，過濾水的裝置跟裝飲用水的水箱也統統沉入海底。除此之外，爬上懸崖還消耗掉了體力，遲早會耗盡能源。

「水源啊……」

環顧周遭，只有化為廢墟的高層建築物。但離海遠一點的地方水質會比較好。比起在剛才的海岸邊漫無目的地尋找，這個方向還比較有機會。

「哎，不找也不行。對吧？」

卡克特斯拍了下弗羅克斯和洛塔斯的肩膀，帶頭站起來邁步而出。

＊

走到哪裡，都只看得見半毀的高層建築物。本來還在想會不會留有其他抵抗軍挖的水井，不過這塊地區好像不適合鑿井。

上方是火熱的陽光，下方是柏油路反射的陽光。感覺全身都快乾掉了。

「水、水……」

「不行了……」

「撐不下去了……」

他們三個一副快要倒下來的模樣。就在這時。三人再度同時抬頭。

「河川？」

的確，是水的聲音。大家都聽見了，所以不是幻聽。只有水泥的這個場所究竟會不會有正常的河川，固然令人懷疑，總之可以確定有大量的水。

他們拚命往聲音傳來的方向跑。本以為這裡「只有水泥」，不過跟高層建築物並排的樹木枝葉繁茂，腳下的草也長得很高。有這麼多植物，理應也會有足以用來灌溉的水。

「有河！」

過去應該是道路的高架橋下面有條小河。不對，以河來說太小條了，水量又少，也不怎麼清澈。即使撇除這些要素，未經處理的水還得花時間過濾，缺乏效率，算了，能喝就好——卡克特斯和弗羅克斯邊想邊走近，停下腳步。洛塔斯則正好相反，準備衝過去。是機械生物。

淺灘處有三臺小型機械生物，好像在玩水。頭部有一半陷進筒狀身體內，四肢短小。看起來有點滑稽的外表及動作，完全沒有山岳地帶的敵人那般凶惡。但敵人終究是敵人。
「放、放開我！那麼可愛的機械們！啊啊！好想改造他們！」
被弗羅克斯擒住的洛塔斯掙扎著。卡克特斯急忙摀住洛塔斯的嘴巴。要是敵人發現就糟了。
幸好，那些機械對聲音的反應似乎很遲鈍，沒有發現他們的跡象。兩人聯手壓住對未知的機械依依不捨的洛塔斯，拖著他離開。
然而，有機械生物的地方不只那裡。建築物後面、雜草叢生的廣場、寬敞的道路。無所不在。每次都得花時間安撫吵著想改造他們的洛塔斯。
重複了幾次這個過程，他們完全搞不清楚自己在往哪裡走。明明有找到一條河。看來是在躲避機械生物時徹底迷路了。
「難道……我們真的遇難了？」
弗羅克斯彷彿現在才發現，聲音微弱。
「別說話。會沒燃料。」
只是說話仍然會多少消耗一些能源。就算不論這一點，制住洛塔斯也害他們浪費了多餘的體力。再加上之前爬了懸崖……光想都覺得累。
身體突然變重，眼前變得一片昏暗。早知如此，真該喝海岸附近的髒水就好。好恨毫無根據地認為某處會有更乾淨的水的自己。

思及此，旁邊的弗羅克斯咕噥了一句「水」。看來弗羅克斯的聽覺機能也出問題了……

不，不是聽覺機能出問題，也不是錯覺。數公尺前方，有東西被陽光照得閃閃發亮。是水。毫無疑問。

三人互相攙扶，拚命走向前。不久後，視野突然開闊起來。類似廣場的地方有一整片水。是一塊有著巨大水坑的廣場。水從疑似被人鑿出來的斜坡途中噴出來，流向下方。

「有救啦！」

卡克特斯穿過廣場，腳下濺起水花。捧著大量噴出的水，準備送入口中時。背後傳來一聲「喂」。

「喂。住手。」

回頭一看，是一名扛著槍的女性。

「最好別喝那邊的水。它很可能被汙染了。」

什麼意思？卡克特斯想要回問，卻問不出口。能源似乎剛好用完了。眼前一黑，失去意識。

*

「去死──！」

額頭突然爆出火花。卡克特斯跳了起來。眼前是抱著金屬塊的洛塔斯。

「你喔，要叫人起來……」

後半句的「總有別的做法吧」還沒講完，卡克特斯便閉上嘴巴。他發現一名素未謀面的女性傻眼地看著他。不，不是素未謀面的女性。他想起來了。剛才見過面。是他想喝水時，勸他最好不要喝的女人。

「真是好險，隊長。」

「咦？」

「剛才的水，水源有大型機械的殘骸。」

「所以，才被汙染了嗎？」

機械生物往往會釋放對人造人有害的物質。成了廢鐵也未必無害，反而會繼續做為汙染源，大部分的情況皆是如此。他差點沒經過任何處理就喝下那邊的水。弗羅克斯說得對，真是好險。

那個救他一命的恩人，正擔心地看著他。

「感覺如何？動得了嗎？」

「啊？喔。」

卡克特斯被弗羅克斯攙扶著坐起來。視野變清晰了，身體也不累。看來有人在他昏倒的期間，幫忙補充了能源。狀況非常好。

「動得了。得救了，謝謝妳。」

他慢慢轉頭。一眼就看得出這裡是某處的軍營。士兵來來往往，到處都是堆滿裝備的帳篷和裝資材的箱子。規模非常大。

「妳就是這裡的首領……對不對？」

這也是一眼就看得出來。該怎麼形容呢，透過她散發出的氛圍可以知道，或者說她會讓卡克特斯莫名產生競爭意識。

「我叫安妮莫寧。負責統率這一帶的抵抗軍。」

猜中了。不對，是不可能猜錯。卡克特斯只有這方面的直覺比其他人敏銳一倍。

「啊——我們是，那個——怎麼說咧。」

「尋寶之旅，是吧？」

是洛塔斯不小心說溜嘴的吧，卡克特斯在內心咂舌。弗羅克斯很謹慎，不會隨便表明他們的身分。

「那是表面上的理由。」

老實地說是尋寶之旅，可能會遭到懷疑。被人發現他們是逃兵就麻煩了。

「呃，那個……是那個啦。真正的理由不能說。因為是機密任務！」

弗羅克斯傻眼地說「你幹麼突然擺出一副很了不起的態度」，卡克特斯故意無視。

「是說，這附近有沒有可能有寶藏……不對，跟機械生物展開過大規模戰鬥的地方？」

曾經發生戰鬥的地方可謂寶庫。敵人的殘骸可以叫洛塔斯改造成兵器，還會隨機撿到我方的裝備。戰鬥規模愈大，發現值錢物品的機率當然也會愈高。

「大規模戰鬥？這附近？」

安妮莫寧歪過頭。

「這是執行機密任務所需的情報，請妳務必幫忙！」

「好。有比我更清楚的人。我之後把人叫過來，到時再問他吧。」

「可以的話，能不能給我們一些水和裝備……那個，用在機密任務上！」

弗羅克斯用手肘撞他的側腹，說「太厚臉皮了啦」，卡克特斯卻一臉事不關己的表情。

＊

經過充分的休息，請安妮莫寧分了水和裝備給他們後，卡克特斯一行人離開了抵抗軍營。

「你也稍微客氣一點吧，隊長。」

「弗羅克斯，你沒聽過『有困難的時候就該互相幫助』這句話嗎！」

「互相幫助……我倒覺得我們只是單方面接受人家的幫助。」

「想太多，你想太多了！」

「是說安妮莫寧小姐絕對發現我們是逃兵了吧？她還默默幫助我們，真是大度的人，不如說大器。她還說『每個人都有自己的苦衷嘛』。不愧是這一帶的抵抗軍的領導者。」

「吵死了，真是。」

把安妮莫寧誇成這樣，彷彿在暗指他跟她的領導才能有所差距，卡克特斯有點不愉快。

「哎，總之出發吧！前往寶藏之所在！」

他打起精神，目的地是沙漠地帶。瞭解周邊地勢的士兵給的建議是「要找寶藏的話，果然是沙漠吧」。卡克特斯強調了那麼多遍「機密任務」，安妮莫寧卻直接對那名士兵說「告訴他這一帶可能會有寶藏的地方」。一想到全被人家看穿了，就覺得很不甘心。

卡克特斯邊想邊在大樓間穿梭。雖然不時看得見敵人，聽說這塊地區的敵人只要不接近、不主動攻擊，就不會有攻擊性。

「好想改造他們喔。是一群乖巧的好孩子耶。」

「前提是要離遠一點。不是說太靠近的話，他們就會發動攻擊嗎？」

「那就輪到它出馬了！用這個裝了病毒的子彈……」

「嗚！千萬別用那個！」

之前他們在山岳地帶戰鬥時，用過會把中彈的敵人變成殭屍的病毒，結果悽慘無比。想到那時的狀況，卡克特斯不禁毛骨悚然。

「咦——？上岸後我完全、根本、一臺都沒改造過耶！啊啊，好想改造！」

與敵人陷入交戰狀態時，洛塔斯的技能非常有用。但目前並不是交戰狀態。好不容易能放心走在路上，他不想故意刺激敵人。有沒有辦法轉移洛塔斯的注意力？

這時，弗羅克斯彷彿聽見卡克特斯的心聲，大叫道：

「啊——！有了！」

弗羅克斯，幹得好！洛塔斯在心中豎起大拇指。而且他指著遠方的動作，實在演得很好。

「就是那個，那個！」

不是演戲。弗羅克斯指向的地方，真的有奇形異狀的敵人。跑得還挺快的。速度應該足以跟飛行型機械生物匹敵。

那個神祕的敵人一面發出怪聲，一面高速衝過三人身旁。

「站住——！」

洛塔斯立刻追上去，但敵人的移動速度遠比他快。藍色身體轉眼間就混進沙塵裡，消失不見。

「那什麼東西啊？」

弗羅克斯帶著一頭霧水的表情，雙手一攤。

「確實是奇怪的敵人。」

山岳地帶跟內陸的平原，都沒有那種形狀的敵人。

「可是，好像在哪看過耶。」

「是嗎？我倒從來沒看過。」

「嗯——總覺得……像某種東西。」

如果他不是用那麼快的速度移動，就看得出像什麼了。只能勉強看出是藍色的四角形。以及會發出怪聲。還是曾經聽過，有點懷念的聲音。

「啊啊，好想改造他喔。能不能再出來一次啊。」
洛塔斯眼巴巴地盯著敵人跑走的方向。卡克特斯也站在旁邊凝視同樣的方向。
他想了一下……不行。不知道。快要想起來了，又想不起來，這種感覺最討厭了。

「好令人在意喔。嗯——到底是什麼？」
那獨特的聲音。沒錯，就是這種感覺……
「又出現了!?」
藍色四角形的神祕敵人，發出奇怪的聲音接近他們。還搖著像是布的東西。
「等一下啊啊啊啊啊！」
洛塔斯吶喊著追過去。這次當然也沒追上。神祕的藍色敵人，再度消失於廢墟另一側。
「那個聲音……是不是有點像音樂？」
弗羅克斯喃喃說道。經他這麼一說，音調有規律性的變化叫「音樂」。聽見這個詞的瞬間，卡克特斯強烈地感到懷念。有什麼東西從記憶深處緩緩浮上。他大叫「我知道了」。
「商店街大拍賣！」
「大拍賣？那是什麼？」

「我的記憶啦，擬似記憶！」

每架人造人都安裝了固有的擬似記憶。將建檔後的人類記憶移植進ＡＩ的深層領域，因此人造人無法分辨哪些是自己本身的記憶。卡克特斯記得有人跟他說明過，這是為了讓他們的思考、行為模式更接近人類，但詳情他已經忘了。

只不過，擬似記憶是隨機移植的，聽說偶爾會發生性別、年齡不同等狀況。此外，不全是幸福的記憶，因此好像也有人因為擁有擬似記憶而飽受折磨。幸好他的擬似記憶很平凡。平凡到他差點忘記。

「我想起來了！就覺得他看起來很像什麼，是小卡車！對面那家店的。難怪我有印象。嗯嗯。」

以銀絲及粉紅色的花裝飾，旗子上寫著「大拍賣」，再加上「出血大放送」的宣傳單。對面的店是賣酒的，高齡七十歲的女店長，每天都會開小卡車出去送貨……

「好懷念喔。不知道婆婆現在過得如何……呃，已經死了吧。都一萬年前的事了。」

「是說，隊長的擬似記憶是？」

「嗯？這個嘛……」

聽起來像「商店街大拍賣」的音樂，蓋過卡克特斯的回答。神祕的敵人又過來了。還參雜類似歌聲的聲音。到了第三次，連非常細微的差異都聽得出來。
本來覺得跟商店街放的音樂如出一轍，其實有一部分的旋律有差異。像歸像，卻是不同的曲子。隨著敵人遠去，音調像轉調似的變得很奇怪，不久後就聽不見了。都卜勒效應——這個名詞莫名浮現腦海。
「該不會，敵人又學習進化了？」
「進化？」
「因為你看，會仿造擬似記憶的敵人，之前從來——」
「沒出現過呢！」
洛塔斯打斷弗羅克斯說話。
「竟然會模仿我們的擬似記憶，了不起的進化！一口氣進化了三個階段左右耶！絕對要想辦法抓到他！」
洛塔斯捲起袖子，一下拉鋼索，一下在地面挖洞，埋頭做事。動作俐落得可怕。這速度豈止是打開開關，甚至讓人懷疑他是不是裝了加速裝置。
然而，神祕敵人速度也很快。那個音樂再度傳來，不曉得是同一臺個體在同一個地方繞圈，還是同型的複數個體。他聽見「啦哩啦哩啦——」的聲音，是歌詞吧。
「喂！他已經回來了！來得及嗎!?」

「沒問題！」

洛塔斯一站起來，就橫向跳到路邊。

「隊長也快一點！」

手臂被弗羅克斯用力一扯，卡克特斯的視野轉了一圈。

「喂，危險……」

「趴下！」

頭被往下按的前一刻，他看見神祕敵人被鋼索絆倒，翻了過去。他整張臉撞上地面，心想「搞什麼啊很痛耶弗羅克斯你未免太粗魯了……」時，爆炸的氣流襲來。是地雷。

洛塔斯預測出敵人會在哪裡絆到鋼索翻過去，在那個點設置地雷。虧他有辦法在短短的時間內計算出這些。雖然他一直都這麼厲害，卡克特斯還是忍不住心生佩服。

「打倒新型機械生物啦！」

洛塔斯雀躍地接近翻倒的神祕敵人。這時，神祕敵人忽然站了起來。用彈跳般的輕快動作。

「痛痛痛……太過分了！」

洛塔斯瞬間僵住。瞪大眼睛。卡克特斯也感覺到自己兩眼睜得大大的。

「機、機械說話了!?」

「不是啦。我才不是機械生物呢！」

但他擁有金屬製的身體，以及球形的頭部。雖然臉部有些許差異，整體來說挺接近機械生物的。

「我叫艾米爾。在廢墟都市經營商店。負責提供各位人造人便宜優質又好用的道具。」

「人造人？那是同伴囉？」

「是同伴！所以，用地雷炸飛我真的太過分了！害我身體都凹下去了～！」

原來如此，不是敵人的話，的確可以存取人類文明的檔案。這樣就能解釋他的外型為何要仿造小卡車，以及為何要邊跑邊播放讓人聯想到商店街大特賣的音樂。更重要的是，他講話如此流利，很難想像是機械生物。

「就算不是機械，也不改變你是神祕物體的事實吧？」

洛塔斯的慾望全反映在臉上，來回撫摸球形頭部。

「好想改造你喔。」

「不、不可以！這樣我要怎麼做生意！」

「一下就好。一下就好啦。」

「不行！我很忙！今天也有一百位熟客在等我……好吧，我有點說得太誇張了。我還沒有熟客。總之就是這樣！」

自稱艾米爾的神祕物體慢慢後退。

「我本來打算今天下午要去補貨。因為損壞的電池和凹陷的插座賣完了。都是你們害我得先回家一趟，修理身體。」

「損壞的電池？」

卡克特斯心想「賣這種小東西啊」，弗羅克斯卻不這麼認為的樣子。

「你還有賣什麼？麻煩詳細跟我說明。」

「要買東西嗎!?謝謝惠顧！」

「不不不，不是啦。我是想問你願不願意收購電池和插座那些東西。不能去補貨，你很傷腦筋吧？」

「原來如此！你要幫我進貨是吧？」

弗羅克斯跟艾米爾一邊商量「多少錢收？」「差不多這個價。」「不是吧，再多一點。」「不不不，這怎麼行。」一邊將數字寫在地上。

「等一下！我們的目的是尋寶！弗羅克斯，靠損壞的電池和凹陷的插座那種小東西賺點小錢就滿足，是不是不太對？」

弗羅克斯和艾米爾同時回頭。

「你在說什麼啊！」

大叫的時機也分秒不差。兩人一同逼近卡克特斯。

「賺小錢哪裡不對了？」

「對啊！薄利多銷可是做生意的基本！」

「再說，隊長你太看不起小錢了！」

「真的是！看不起一塊錢的人，最後會因為一塊錢而哭喔！」

兩個人同時滔滔不絕地跟他訓話，卡克特斯一句話都無法反駁。

「那個……對不起。」

他在內心偷偷回嘴「我沒有看不起小錢，事實上，我今天又把掉在軍營裡的零錢據為己有了」。

「那就麻煩你了，弗羅克斯先生。」

「要開個好價錢啊。」

「那當然！啊，我住在非常深的地底。是座挺陡峭的懸崖，下來時請小心～」

艾米爾說完，砰砰咚咚地驅使凹下去的身體離開。

要是他再翻覆一次，會不會整臺壞掉啊？說起來，小卡車有辦法開下「挺陡峭的懸崖」嗎？儘管是別人家的事，卻讓人頗為擔憂。

「哎，算了。總之尋寶去！寶藏啊，我要來了！寶藏啊，求你現身！」

「電池插座螺栓螺帽線圈螺絲！」

「改造改造改造！」

三人懷著不同的意圖，前往沙漠。

＊

卡克特斯很想趕快去有寶藏的地方，無奈事與願違。他們被迫在沙漠入口停下腳步。由於有大規模沙塵暴，目前沙漠禁止進入。

「在這邊急有什麼用？休息一下，等沙塵暴停止吧。」

名為怪卡絲的女人，邊說邊大剌剌地觀察卡克特斯一行人。

「看你們的機型，是歐洲那邊的部隊？」

「對、對啊。啊——我們正在執行機密任務，不方便透露太多情報……呃——」

「哦。是喔？」

一眼就看出他們的機型及從軍地點，這人絕不簡單。卡克特斯起了戒心。弗羅克斯恐怕也一樣。只有洛塔斯一見面就跟怪卡絲意氣相投。

「這、這把槍是!?乍看之下是制式槍，沒想到做了如此大膽的改造！藉由更換槍托的素材來減輕重量，而且！」

「你看得出來啊？這把槍是擊針擊發式，但我試著固定了擊針。」

「喔喔！我非常感興趣。」

看來怪卡絲跟洛塔斯是同類。兩人認真地討論起來，口中不停迸出專業術語。不時參雜進「改造！」「實驗！」愉快的聲音。

剛才艾米爾和弗羅克斯的對話也一樣，看來這座廢墟都市，對弗羅克斯和洛塔斯來說是個好地方。卡克特斯腦中閃過「如果沒找到寶藏，加入這裡的抵抗軍或許也不錯」的想法。

「對了隊長，關於剛才那件事。」

大概是因為怪卡絲和洛塔斯聊得不亦樂乎，他在旁邊沒事做吧，弗羅克斯一副突然想到什麼的樣子，開口說道。

「剛才那件事？」

「你的擬似記憶啦。是什麼樣的記憶？」

「嗯？我沒跟你們說過嗎？」

「我好像有聽說你是當廚師的。」

「是賣烏龍麵的。」

「烏……龍麵？」

「烏龍麵。把水加進麵粉，像這樣用力搓揉，擀平麵糰，咚咚咚切成條狀。」

擬似記憶，講白了點就是假貨，但它是以有如親身經驗的狀態裝進ＡＩ。因此理應從來沒吃過「烏龍麵」的卡克特斯，卻能鮮明想起它的味道。

「淋上一堆加了高湯調成的醬汁，放上蔥末及炸甜不辣片……」

「高湯？醬汁？」

「將晒乾的魚和晒乾的海草放入熱水煮出來的湯。很美味。」

即使他這麼說明，卡克特斯也不可能聽得懂。人造人沒有吃魚和海草的習慣。說起來，他們根本沒必要攝取人稱「食品」的東西。

可是，怪卡絲好奇地轉頭看過來。

「魚和海草？麻煩你講詳細一點。」

「講詳細一點喔……」

她不惜中斷跟洛塔斯的對話，加入這個話題。肯定非常感興趣。

「人類不是都把魚烤熟吃嗎？我沒聽過晒乾再吃這種吃法。乾掉的魚是所謂的『珍味』嗎？」

「不珍貴啦。鰹魚乾或小魚乾每戶人家都有。竹筴魚乾更是早餐的基本菜色。」

「是嗎!?魚是基本菜色!?」

但這只是卡克特斯的記憶，不是每個人早餐都會吃魚。而且居住地區不同，飲食習慣似乎會有顯著的差異。

「你剛才說的炸甜什麼東西是？我知道蔥是植物。」

「炸甜不辣片嗎？把魚肉磨成泥狀，捏成圓形再拿去油炸。」

「那也是魚啊！」

看來怪卡絲和洛塔斯不同，對機械、兵器以外的事物也很感興趣。她對魚的話題好奇到有點嚇人的地步。魚有哪些種類、有什麼樣的調理方式。聽說有比賽是故意吃有毒的魚，看多少人能活下來，這是真的嗎？諸如此類。

好吧，感覺並不差。他不討厭對方丟出一連串的問題，也不討厭對方激動地應聲。而且講著講著，差點忘記的事也回憶起來了。不知不覺，連他自己都沉浸在分享記憶中。

「……然後，那個叫大胃王比賽的節目來我們店裡辦。後面有一堆電視局的工作人員，攝影機不停湊過來拍。選手們一下說『我吃完了』，一下說『我要加點調味料』。」

「那是在幹麼？」

「比賽誰肚子裡裝得下最多食物。人類的胃袋超強的！用這——麼大的鍋子煮的烏龍麵，一下就被吸進去。我還以為是黑洞咧！」

「真是……奇妙的比賽。」

「人類就是愛挑戰所謂的極限。」

一面吃完第三十三碗天婦羅烏龍麵，一面說著「這是我跟自己的戰鬥」的女性，鮮明地浮現於腦海。

「原來如此，極限啊。說得也是。」

怪卡絲頻頻點頭。

「我也喜歡挑戰極限。不對，是喜歡讓人挑戰極限，收集資料。」

怪卡絲突然拔出槍。有股不祥的預感，他看過怪卡絲現在的表情……

「咦？喂！」

卡克特斯身邊的弗羅克斯倒在地上。胸口被射中了。

「妳在做什麼！弗羅克斯！」

「放心，那是麻醉彈。只是要請你們在睡著期間讓我研究一下AI跟義體，我對你們非常感興趣。」

「等、等等！等一下！」

那表情跟洛塔斯改造機械時一模一樣。這女人有病，絕對有病。怎麼辦……思及此的瞬間，衝擊襲來。卡克特斯當場縮成一團。

「洛塔斯，幫我一下。你不是很擅長改造？」

頭上傳來聲音。怪卡絲的手碰到卡克特斯。好機會。

「喝啊啊啊啊啊！」

撲向怪卡絲，搶走她的槍……他是這麼打算的，卻吃了記掃堂腿，狼狽地一屁股摔在地上。

「竟然還動得了。是對麻醉藥有抵抗力的體質嗎？我愈來愈好奇了。」

「不是不是不是！只是子彈射中我胸口的零錢啦！沒什麼好好奇的！改、改造我這種人也一點都不有趣……！」

好不容易從巨浪之下撿回一條命，難道要死在這裡了嗎？要被來路不明的女人拿去做莫名其妙的改造嗎？我的人生到底算什麼……

「去死——！」

洛塔斯喊著熟悉的臺詞，拿旁邊的石頭砸怪卡絲的腦袋。怪卡絲呻吟著跪到地上。雖說是人造人，頭部遭到劇烈衝擊，會導致暫時性的腦部裝置機能低下。

「洛塔斯式煙幕彈改二甲！」

沉悶的爆炸聲響起，周圍頓時被漆黑煙霧籠罩。他從來沒有覺得洛塔斯如此可靠過。

「幹得好，洛塔斯！快逃啊！」

卡克特斯扛起倒在地上的弗羅克斯，拔腿就逃。死命地逃。光論逃走的速度，他不會輸給任何人。

快跑，快跑，快跑，快跑，拚命向前跑……回頭一看，沒有人追過來。

＊

「啊啊，好慘……」

卡克特斯嘆了一大口氣，如同電擊的疼痛從腰部傳達到背部。

「痛痛痛！」

「隊長，不可以使力。會痛的。」

平安扛著弗羅克斯逃掉，卻因為突然有重量壓在身上，腰又閃到了。

「來，放鬆四肢，讓它們垂下來。」

現在換成弗羅克斯背他。卡克特斯心想「雖然很難堪，至少脫離了危機，所以就這樣吧」。

「我想改造的是機械，才不是人造人。那人不懂啊。都不會挑對象的。」

但這句話從洛塔斯口中說出來，沒什麼說服力。一看到機械生物就什麼都不挑的洛塔斯也沒好到哪去。

不過，連夥伴都包含在研究範圍內，這部分跟洛塔斯截然不同。在這個意義上，那位名叫怪卡絲的女人可以說是非常危險的人造人。也就是說，她的隊長安妮莫寧搞不好也非常危險。

竟然會想加入那群人，太可怕的念頭了……雖然艾米爾看起來不是壞人。

「可是比起怪卡絲小姐，我認為寄什麼的人更粗魯。」

這句話令他猛然想起差點被寄葉實驗M部隊的六號殺掉時的情境。當時確實很慘。豈止是「很慘」兩字可以形容。然而那個時候，六號處在被邏輯病毒汙染的狀態下。他覺得可以撇除這個因素。可能是因為他活了下來，才有辦法這麼想就是了。

不，那些傢伙不是壞人。教官布萊克，直到最後一刻不都在為保護我們而戰嗎？

是四號和二十二號，救了在管制塔附近被敵人追得四處逃竄的他跟弗羅克斯。九號幫忙治療了閃到的腰。三號也毫無疑問是個好人。雖然二十一號幹了政變這麼可怕的事，要是沒有那傢伙的偵察能力和作戰計畫，他們根本無法活到現在。二號則不太熟，但他希望二號本性是個好人。二號不經意露出的寂寞表情，異常鮮明地殘留在記憶中……

「不不不，他們半斤八兩吧？人造人真的好可怕喔。」

「你也是人造人好嗎？」

兩人的對話令卡克特斯回過神。對了。他們是逃兵，是膽小鬼。覺得其他抵抗軍跟最新型的寄葉實驗M部隊可怕，極其理所當然。能毫不猶豫踏上戰場的那些人，跟他們差太多了。

「我還是想去沒有其他人的地方，悠閒地生活。找到寶藏，大賺一筆。」

「我之前也說過，請你講話稍微包裝一下。」

「一攫千金！不勞而獲！賺大錢！」

「就叫你不要講這麼直接了！……你故意的對不對？」

不用互相殘殺。誰都不會死。總有一天，想去這樣的地方看看。膽小鬼有膽小鬼的夢想。

「哎，慢慢找吧。」

他用不會動到腰的姿勢望向後方。已經看不見那幾棟高層大樓了。

NieR:Automata™
尼爾：自動人形

NieR:Automata™

尼爾：自動人形

奇炫館

尼爾：自動人形 少年寄葉

（原名：小說 NieR:Automata ニーアオートマタ 少年ヨルハ）

原作／PlayStation4 專用軟體「尼爾：自動人形」

「舞台劇 少年寄葉 Ver．1．0」

作者／映島巡
監修／橫尾太郎
封面插畫／幸田和磨
內封、內文插畫／板鼻利幸
協力／ILCA,Inc.「尼爾：自動人形」開發小組
書封、書腰、內封、內文設計／井尻幸惠
譯者／Ｒｕｎｏｋａ
執行長／陳君平
協理／洪琇菁
執行編輯／呂尚燁
企劃宣傳／陳品萱
榮譽發行人／黃鎮隆
國際版權／黃令歡、梁名儀
美術主編／李政儀
內文排版／謝青秀
發行／英屬蓋曼群島商家庭傳媒股份有限公司城邦分公司 尖端出版
台北市中山區民生東路二段一四一號十樓
電話：（〇二）二五〇〇—七六〇〇（代表號）
傳真：（〇二）二五〇〇—一九七九
中彰投以北經銷（含宜花東）／楨彥有限公司
電話：（〇二）八九一九—三三六九
傳真：（〇二）八九一四—五五二四
雲嘉經銷／威信圖書有限公司 嘉義公司
電話：（〇五）二三三—三八五二
傳真：（〇五）二三三—三八六三
南部經銷／威信圖書有限公司 高雄公司
電話：（〇七）三七三—〇〇七九
傳真：（〇七）三七三—〇〇八七
香港總經銷／城邦（香港）出版集團有限公司
香港灣仔駱克道193號東超商業中心1樓
電話：（八五二）二五〇八—六二三一
傳真：（八五二）二五七八—九三三七
E-mail：hkcite@biznetvigator.com
馬新經銷／城邦（馬新）出版集團 Cite(M)Sdn.Bhd.
E-mail：Cite@cite.com.my
法律顧問／王子文律師 元禾法律事務所
台北市羅斯福路三段三十七號十五樓
二〇二〇年一月一版一刷
二〇二三年六月一版五刷

Novel NieR:Automata Shonen YoRHa

First published in Japan in 2018 by SQUARE ENIX CO., LTD.
Mandarin translation rights arranged with SQUARE ENIX CO., LTD.
and Cite Publishing Limited. through Tuttle-Mori Agency, Inc.

國家圖書館出版品預行編目資料

尼爾：自動人形 少年寄葉 / 映島巡著；
Runoka 譯. --1版. --臺北市：尖端出版, 2020.01
面；公分. --(奇炫館)
譯自：NieR:Automata（ニーアオートマタ）：少年ヨルハ
ISBN 978-957-10-8791-7(平裝)

861.57 108018391